メイズイーター

MAZEEATER

1

プロローグ　エルフの騎士はいしのなかにいる

ついにここまできた。


少女はそう心の中で一人呟き、目前の魔術師に対峙する。

【邪法の魔術師アンドリュー】

この迷宮を作り上げ、街を一つ消し去った大魔術師。

多くのものが集い、この迷宮を踏破しようと挑み続けること十年間。

千を超える冒険者が集い、万を超える死と消失がこの迷宮には築き上げられていた。

王は狂い、国は一度傾き、そして世界からは絶えることなく冒険者が己の力試しと莫大なる報酬を目的にこの地に集い、散っていった。

誰一人として到達しなかったこの場所に少女は今立ち、そして最後の戦いを開始しようとしていた。


「愚かなるエルフよ、仲間は死した……おぬしもこの迷宮に消えるが良い」

攻撃を仕掛けたと同時に放たれた核撃魔法【メルトウエイブ】……その一撃は迷宮内を炎で埋め尽くし、少女と共に戦ったパーティーは彼女を残して消失をした。

少女の手に握られていた盾の一部が、音を立てて床に落ちる。

アンドリューの魔法により、伝説の宝盾が破壊されたのだ。

「消えるのは貴様のほうだ、邪法に落ちし者よ……」

メルトウエイブを防いだことにより守りの要であった宝盾を失い、体力も半分にまで減らされた。

しかし彼女は動揺する様子一つ見せずに宝剣を握り締め、煙を上げる盾を放って構えを取る。

傍《はた》から見れば少女の現状は最悪そのものだ。

敵は強大であり、仲間はいない。


僧侶であった味方の回復魔法も、魔法使いの魔法の援助も、戦士の追撃も盗賊の不意打ちもはや消失《ロスト》している。

通常ならば絶望に打ちひしがれ、敵の強大さに恐怖し、あの一瞬で死ななかったことを後悔しながら死んでいくだろう。

だが、少女にはそんな感情は欠片《かけら》もない。

逃走も、屈服も、絶望も、焦燥さえもない。

聖騎士である少女から『希望』を奪うことは不可能なのだ。

「我が名は聖騎士サリア。貴様の闇を打ち払うものだ！」

サリアと名乗った少女が攻撃を仕掛ける。

距離は二十メートル、鍛え抜かれ洗練された少女の疾走であれば二足《にそく》で相手の喉首を狙うことができる距離。

そのために少女はその第一足を踏み出すと。

【メルトウエイブ！】

それを戦いの合図とばかりに魔術師の怒号が響き、同時に先と同じ核撃魔法が発動される。

(これだけの絶大な魔法を、詠唱を破棄してノーモーションで放つことができるとは……世のためにその力を振るえばどれだけの人の助けになれたか)

少女は胸中でその魔術師に賞賛を贈り、同時に邪悪に染まった心を嘆く。

惚れ惚れするような魔力の奔流と、一切無駄の存在しない魔法の行使。

この世で最も——当然唯一人の——偉大な魔法使いであることは疑いようもない。

放たれる魔法は強大であり、その身に受ければ消失は免れない。

しかし迷宮は閉じた世界であり、迷宮を覆いつくすように放たれる核撃を回避する場所はない。

故に、少女は前へと踏み込んだ。

【ガーディアンソウル！】

「!?」

核撃の炎とその身が触れ合う瞬間、サリアは最高位の魔法防御を展開する。

この世に現存する魔法の中でも最高の魔法耐性を誇る防護壁で全身を覆えば、いかに核撃魔法であろうと数秒は耐えられる。

そして。

「はあぁ！」

それだけの時間が掛けられれば、魔術師へと踏み込むための一足を得るのは容易である。

閃《ひらめ》く黄金の輝きが、魔術師の喉首へと走る。

「こしゃくな！」

通常、魔術師は戦闘が不得手であるというのが定説である。

同時に大魔法を放った直後ともなれば、一分以内に回避行動を取れれば天才と呼ばれる存在となれるだろう。

だがやはり、この魔術師は例外であった。

メルトウエイブを放ちながら、少女がその核撃を防いだと判断をすると、杖を引き抜き受けとめたのだ。

「ぐっ！」

アークデーモン、ファイアドラゴン、ブラックタイタンを一撃で屠《ほふ》る迷宮最強の刃《やいば》を、この魔術師は杖の一本で防ぎきる。

「終わりだ、アンドリュー！」

だが、刃を防ぎきる身体能力を持っていたとしても、魔術師の杖が聖騎士の宝剣を防ぎきることはできず、袈裟に振り下ろした刃を受けて杖はたわみ、神秘を宿した宝珠にはヒビが入る。

（このまま押し込めば）

そう少女の脳裏に勝利のイメージがよぎった瞬間。

「ぬかったな小娘が！」

簡単に倒されてくれるほど、この老人はおとなしくないらしく、刃を防ぎながら今度は刃の召喚を行う。

【ソードワールド】

無数の魔法の武器を生み出し、操り、敵を穿《うが》つ魔術師にのみ与えられた攻撃魔法。

核撃魔法に比べれば見劣りするその魔法であるが、魔術師が持つ唯一の物理攻撃でもあり、操ることのできる刃の数と、剣の強度等はその持ち主の魔力に依存する。

先日、迷宮内最高峰と呼ばれる魔法の使い手であるアークデーモンとの戦いで放たれた際は、十本ほどの魔法の剣が少女のパーティーへと降り注いだ。

ではこの老人が放つ刃はいかほどであろうか？

答えは単純で、その二十倍。

合計二百の刃が少女の体を穿たんと一斉に猛攻を仕掛ける。

「っ！」

サリアは魔術師を蹴り飛ばし、迫り来る二百の刃を迎撃する。

「鋼をも貫く魔剣の二百、その全て捌《さば》き切れる道理なし。塵も残さず果てるが良い」

襲い掛かる魔剣は少女を包み、一斉に突き刺さる。

もはや突き刺さるという次元ではなく、刃の群れにすりつぶされるという表現が正しい。

全方向からの同時攻撃を人間が防ぐことは難しく、もはや聖騎士の命は絶望的であった。


が。

【メルトウエイブ！】


一瞬ありえない言葉が響き渡り、同時に魔剣二百が蒸発する。

「馬鹿な」

核撃の炎が迷宮内を包み込む。

アンドリューは驚愕の声を漏らしながらも、反射的にガーディアンソウルを展開する。

先ほどとはまったく逆の構図。

何が起こったのか？

一体何をされたのか？

その答えは未だに天才魔術師であるアンドリューをもってしても導き出せない。

聖騎士が、魔術師の最終到達地点、究極魔法《アルティメットスペル》を放つなどありえない。

本来聖騎士が使用できる魔法は簡易な回復魔法と、神聖魔法が関の山……確かに、過去には僧侶の最大魔法を使用できる聖騎士もいたが、魔術――それも究極魔法《アルティメットスペル》――を使用できる聖騎士など人の数倍を生き、天才の名をほしいままにした大魔術師でさえも聞いたことはない。

だが、そのありえないものは確かに目前に対峙しており、己の命を狙ってその刃を構えている。

無傷。

刃は全て核撃によって融解したのだろう、跡形もなく消えうせている。

魔術師が究極魔法《アルティメットスペル》を放った後に起きる魔力の消失による硬直も一切見られない。

つまり、現在の状況ではこの少女はアンドリューと同レベルの魔術師であり、同時に武芸全てを極めし聖騎士でもあるのだ。

そんなことが可能になるものなど、この世に一つしか存在しない。

「伝説の装備……円卓の騎士《ナイトオブラウンドテーブル》か……」

ぼそりと魔術師は恨めしそうに呟き。

「迷宮に選ばれた至高の騎士にのみ与えられる伝説の鎧、盾、籠手《こて》、そして刃。各々が魔法を宿し、それらを身につけた戦士は至高の魔術師であり、戦士でもある……まさか、唯の噂とばかり」

聖騎士はそれに対し「ご明察」と言葉を漏らす。

「現在、貴様の前に存在する私が現実だ……盾は不意打ちで失ってしまったが、鎧と籠手……そしてこの宝剣があれば、十分貴様の首を刎《は》ねることはできよう」

自信みなぎる聖騎士ゆえの発言は、アンドリューを激高させるには十分であり。

「ほざけ小娘！　メルト……」

その一瞬、冷静さを欠いたことが致命的なミスとなる。

【メルトウエイブ！】

籠手から放たれる核撃魔法は、空間を覆いつくすのではなく、伸ばされた腕から一直線にアンドリューへと走る。

「なっ!?」

空間を覆いつくすように拡散された魔法は、敵を逃がさずしとめるに最適な力を誇る。

しかし、同じ魔法であり、敵が動かないと分かっていれば、一点に魔力を集中させた攻撃の方が、圧倒的に強力になる。


そして何より、魔法とは術者が詠唱中に攻撃を加えられると、その瞬間に打ち消されてしまう。

つまり。

「ぐ、ぐおああああああぁ！」

自らが放った核撃は、サリアから放たれた一直線の炎により貫かれ、攻撃魔法も防護魔法もない状態でアンドリューはその究極魔法《アルティメットスペル》を全身に受ける。

弾《はじ》き飛ばされた体はまるで強風にあおられる紙切れのように上下左右に揺さぶられながら、迷宮の壁へと激突する。

これだけの破壊を受けながらも、迷宮の壁は傷一つない。

しかし、あちらこちらに残る炎の跡や、巻き込まれ消失したモンスターの影が、迷宮の壁に悲惨な影響を残している。

「がはっ……はぁ、ハァー……ハァー」

消失したと思われたが、魔術師は生きていた。

長い年月を生き、悪魔の魂をいくつも取り込んだアンドリューは、既に人の生命力の域を脱している。

しかし、ダメージは深刻である。

何とか死と消失を免れて命を繋ぐことができたが、消えた悪魔の魂は十六であり、体を保持するためにその身の形成を行わせていた精霊やエレメンタルは根こそぎ消失をした。

今はもう普通の人間の力ほどしか残っておらず、もはや無傷の聖騎士と戦う力など残されていない。

「これで終わりだ！　アンドリュー！」

好機と踏んだ聖騎士は、確実な止《とど》めを刺すためにその宝剣を手に切りかかってくる。

死がそこまで迫っている。

状況は絶望的。しかし魔術師は自嘲気味に壁に背を預けて呟く。

「誰かが……いつか私を殺すのだ」

「覚悟！」

「だが、その時は今ではないし……それはお前であってはならないのだ」

「!?」

剣を振り下ろし、その首を刎ねる一瞬、聖騎士の敗北は決した。

【おおっと！　テレポーター！】

放たれたのは魔法でも剣戟《けんげき》でもなく罠……。

「!?」

サリアが踏み込んだアンドリュー手前の床に、突如として罠の床の魔法陣が光り、逃れることなどできずに少女を捕らえ、その魔法の効力が発動する。

単純で明快な、でたらめな座標を指定した転移魔法……それは時間稼ぎというものではなく、明確な殺意を持った回避不可能な罠。

瞬間、魔術師の目前から聖騎士は消え去り、からからと音をたてて円卓の騎士《ナイトオブラウンドテーブル》の装備が迷宮に転がる音が響き渡る。

もはや、アンドリューを追い詰めた聖騎士サリアはいない。

聖騎士は今……。

いしのなかにいる。

一話　僕はまだレベル1冒険者

剣を振るい、魔法が煌《きらめ》く黄金と白銀の時代。

栄華と繁栄を極めたとある王国に、突如として迷宮が現れた。

街を飲み込み、多くの人間の命を奪って現れたその迷宮は、アンドリューという魔術師によって作り上げられ、その迷宮より魔術師はその国の王に対して、宣戦布告をした。

【いずれ我が魔物の軍勢がこの地より這い出てこの国を襲うであろう】

挑発にも似たこの行動に王は激怒し、すぐさま騎士団により討伐隊が編成されたが、帰ってきたものは誰一人としていなかった。

困り果てた王は、やがて外部のものに討伐を依頼することになる。

魔術師により迷宮に飲み込まれた街一つ分の財産、そして討伐隊が所持していたその全ての至高の装備、そしてアンドリューの首にも莫大な報奨金をかけて。

迷宮ができて十二年すぎた。

未だに、迷宮はそこにあり続け、今日も冒険者達は迷宮へ潜る。

◆

迷宮・第一階層

「はぁ、はぁ、はぁ。ティズ！　こっちだこっち」

「分かってるわよウイル！　私の心配なんてしてないでしっかり前見て走りなさいほら！」

息を切らしながら、僕は迷宮の中をひた走る。

それは栄光ある敵への進撃でも、狡猾なる敵の追跡でもない。

無様なる敵からの逃走のためだ。

「があああああ！　るるがあああ！」

「ひぃいいいぃ！」

自分でもあきれ返るような悲鳴を漏らし、背後の獣人に追いつかれまいと更に力をこめる。

追いかけてきているのは迷宮第一階層の敵、コボルト。

狼の体と顔を持った二足歩行の獣人である。

その手には刃《やいば》と盾を持ち、体にはボロボロの鎧を纏《まと》っている。

狼と人間の中間の存在のためか、武器の扱いはつたなく身体能力も低い……知能も獣並みのため、冒険者に襲い掛かるコボルトは大抵返り討ちにあうのが常識なのだが……。

それは相手が二十三匹もいないときの話である。

『があるるあああああああ！』

『ぐあああがあああ！』

二十三匹分のコボルトの鳴き声が迷宮に木霊《こだま》し、僕はめちゃくちゃに迷宮を走り続ける。

「ウイル！　少しずつ戦って数減らしなさいよ！」

そう無茶な要求をする金色の髪を二つにまとめた妖精の少女ティズは、普段ならばその背に生えた美しく透き通った羽を披露するように、緑色のワンピースを揺らしながらひらひらと蝶のように僕の周りを浮遊するのだが、今日ばかりは獲物に狙われたセミのようにせわしなく羽をばたつかせて、僕と一緒に無様に逃げ回っている。

「ちょっといくらなんでも多すぎるでしょあれ！　足なんて止めたら一瞬でミンチだよミンチ!?」

「だったら逃げ切る方法考えなさいよ！　このままじゃ追いつかれてあいつらの夕食のテーブルに鎮座することになるわよ私達！」

「そんなこと言われなくても分かってるって！　ていうか、元はといえば君が鑑定もしていない宝箱を勝手に開けたからこうなったんだろ！」

「しょうがないじゃない!?　こんな一階層にモンスターハウスのトラップなんて仕掛ける馬鹿がいるとは思えなかったんだもの！　どうせ石弓か毒針だったら私に当たるわけないし！　それだった

ら開けるでしょう普通！」

「鑑定してない宝箱は普通は開けないんだよ！」

「だから……」

『ぐるるるああああああ！』

『ぎゃああああああああ！』

コボルト達は走ることがやはり不慣れなのか、狼でありながら僕達に追いついてくる気配はない。

そのため距離を離すことはできるのだが。

「壁だ……」

「うそっ……ここの壁の向こうに階段があるはずなのに！」

「こっちに行こうティズ！」

彼等の狼特有の優れた嗅覚は、どこへ逃げようとも確実に僕達を追い詰めてくる。

「本当にしつこい犬達ね！　私やウイルなんて美味《おい》しいわけないじゃない」

「仕方ないよ、コボルトは自分よりも強い相手には決して近づかないけど、僕みたいなレベル１冒険者には死ぬまで追跡して虐殺を楽しむんだ！」

「最低！」

そのため、僕達に残された選択肢は一つしかない。

それは地上への脱出だ。

アンドリューの進軍に備えて、国王が作り上げた対魔結界。

大神クレイドルの加護により作り上げたといわれているその聖なる結界は、迷宮の入り口をふさぐように張られ、迷宮から出ようとする魔物を食い止めてくれている。

当然人間に害はないが、魔物に対しては絶大な効果を発揮しており、その力のおかげで魔物が今まで迷宮の外に出てきたという事例は一度もなく、一階層の魔物も本能的に結界を避けるように活動をしている。

もし出ようものなら結界の力で灰に変えられてしまうからだ。

だからこそ、僕達が生き残るためには、追いつかれる前に迷宮の入り口まで逃げることが絶対条件になるのだが。

「また壁……ああもう壁壁壁どこも壁……この壁を壊せる力があれば」

「寝言いってないで、迂回《うかい》するわよウイル！」

ティズに連れられながら、僕たちは勘とほんのちょっぴりしかない迷宮内部構造の記憶を頼りにコボルトから逃げながら出口を目指す。

そうして、逃げ続けること数十分……出口はまだ見えてこない。

「ねえティズ」

息も切れ始め、足に力をこめても速度が出なくなり始めた頃になって、ようやく僕はティズにこの質問を投げかける。

「ま、ままま迷ってるわけなんかないでしょう！　第一、こんな所で迷子になったりなんてしたら……それこそ」

瞬間、目の前を飛んでいたティズから何かが壊れるような音が響き渡り。

「僕達もしかして、入り口から離れていっていない？」

「何よ」

顔色が青くなり、言葉も次第に弱くなっていく。

どうやら現実と向き合うのが恐ろしすぎて、闇雲に逃げ回っていただけらしい。

また一歩、コボルトさん家《ち》のおかずの一品へと近づいた。

最初は距離を離していたコボルトも既にすぐ後ろまで追い詰めてきており、少しでも気を抜けば伸ばされた手に捕獲されて一瞬で殺されてしまう。

心臓と肺も限界であると弱音を吐き始めており、戦う体力などもはや欠片《かけら》も残っていない。

「あああああ、もうだめだあああぁ」

泣きたくなるのをぎりぎりで抑えつつ僕はそう叫ぶと。

カチリ。

聞きなれない音と、何かが発動する合図……そして、足の裏から伝わるスイッチのようなものを踏んだ感覚。

「ア、アンタまさ……」

泣きっ面《つら》に蜂という言葉そのままに、ティズの言葉よりも速く。


迷宮の罠が作動する。


「うそおおおぉ!?」

地面から鉄と鉄をこすり合わせるような不快な音が響き渡り、僕は串刺し床のトラップのことを間抜けにも思い出しながら、ほとんど反射と直感のみで慌てて前方に飛び込み、僕とティズは足元から伸びる槍をすんでのところで回避して、迷宮の地面に投げ出される。

「ぎゃひいいいいん！」

轟音が響き、槍が伸びきったところで金属がこすれる音が止まる。

鋭い音は何かを貫いたような音を響かせたが、そんなことを気にしている余裕はない。

「に、逃げなきゃ」

唯一平均以上の自らの幸運に感謝をしつつ、僕はそのまま逃走を再開しようとする。

槍程度じゃ足止めにもならないかもしれないが、僕は慌ててコボルト達が槍の壁に苦戦していることを祈りながら立ち上がる……と。

「あ、あれ？」

そこには、僕の引っかかったトラップにかかり命を落としたコボルトが二十三匹並んでいた。

いや、正確には違う。

「ぐ、ぐがあああ」

生き残りがいた。

身を刺し貫かれながらも、一匹のコボルトがよろよろと僕に襲い掛かる。

死に体だが、死なばもろともといったところだろうか？

「ウイル！」

ティズが僕に注意を呼びかけるが、そのときには既に僕は迎撃態勢を万全に整えていた。

「大丈夫！　これなら！」

袈裟《けさ》に振り下ろした刃が、コボルトの肩から全身を切り払う。

「が……ぁ」

こうして最後のコボルトが死んだ。

目前にはコボルトの死体が並んでいる。

「お、思っていたよりも随分と、距離をつめられていたみたいね……」

「そ、そうだね……というかこの罠がなかったら……多分」

「ほ、本当に運だけは高いんだから……アンタ」

声と膝を震わせながら、僕とティズは絶命したコボルトたちを見ながら大きくため息をつき、この罠がなかった場合の未来を想像した恐怖と助かった安堵からか、その場にフラフラとへたり込む。

「と、とりあえず」

「何はともあれ」

『たすかったぁあ～』

こんなぎりぎりな生活を送る僕はまだ、レベル1冒険者……。

名称　ウイル　年齢　15　種族　人間《ヒューマン》　職業　きこり（仮）　レベル1
筋力　10
生命力　8
敏捷　8
信仰心　5
知識　9
運　17
使用可能魔法
　なし
使用可能神聖魔法
　なし
保有スキル

なし

「随分と大荷物になったね、ティズ」

「しょうがないわよ、二十三匹分のコボルトの爪と牙と毛皮なんだから。爪ぐらいなら持つわよ、ウイル」

「いいや、ティズに持たせて落とされても困るから持っているよ」

「なによそれ！」

◇

軽口を叩きあいながら、僕達は夕暮れの赤のレンガ通りを歩く。

迷宮付近の荒廃した土地ではなく、レンガが敷き詰められた城下町は、迷宮入り口から歩いて五分程度だとは到底思えないほど栄えている。

王宮から迷宮を一本の線で繋いだこの大通りは、通称冒険者の道と呼ばれ、昼間は目的地のクリハバタイ商店をはじめとし、鍛冶屋、宝石商、魔法店など冒険に必要なものを取り扱う専門店が、全国各地からやってきては果てのない商戦を繰り広げている。

だが、冒険者の道の魅力はそれだけではない。

むしろ冒険者は夜にこそこの道を活用することになる。

エンキドゥの酒場を中心に疲労した冒険者を癒《いや》すために、風俗や賭博といった娯楽施設が夜にこそ輝きだす。
そんな二つの顔を持った道——冒険者の道——もちろん日常生活に必要なものも当然置いており、冒険者達は昼も夜もこの一本の通りと迷宮だけで生活をしてしまうため、迷宮に潜り続けたベテランが、城下町で迷子になるということもざらにあるほどだ。

日が落ち始め、ちらほらと魔鉱石を埋め込まれた街灯に光がともり始め、商店の看板が下ろされ始めるのを合図に、きわどい服を着たエルフや人間のお姉さんが客引きを始めだす。

そんな中を、僕とティズはバッグがパンパンになるまで詰め込まれた毛皮を背負いながら、クリハバタイ商店へと向かう。

最も早く店を開け、最も遅く店を閉めるこの商店は、武器の売り買い、魔法薬や呪われた装備の浄化まで何でも請け負ってくれる便利な道具屋だ。

冒険者はまずここで必要な装備を整え、迷宮で手に入れたアイテムや素材をここに売却することで生計を立てている。

一見冒険者のための商店にも見えなくもないが、その実、世界中からお客さんがひっきりなしに訪れる。

というのも、迷宮には地上では取れない貴重な鉱石や、地上には存在しない生物の毛皮などが手に入るからだ。

冒険者がこの店に売る迷宮の素材を求め、世界各国から商人が訪れるほどで、この国の王ロバートもちゃっかり国を挙げて利益確保に乗り出している。

そんでもってこのクリハバタイ商店はその政策の先駆者的存在であり、迷宮と地上を繋げる交易拠点の第一人者とも言える。


「いらっしゃいませー、ってあら？　ウイル君！」

店の中に入ると、受付嬢のリリムさんが耳をぴこんと上げて出迎えてくれる。

人狼族のリリムさんは、立った犬耳とふわふわした尻尾《しっぽ》がトレードマークのクリハバタイ商店の看板娘である。

黒と白を基調としたフリルをこれ見よがしにふんだんに盛り付けたメイド服は、当然このクリハバタイ商店の店主の趣味満載の作品——店主の手作りであることは言うまでもない——であり、冒険者達の中にはリリムさんに求婚するものが後を絶たないが、当然のように全員が玉砕している。

ちなみにその割合はリリムさん本人からが三であり、残り七が店主トチノキ——レベル８——による物理的玉砕である。

「こんにちはリリムさん、買い取りをお願いします」

「うんうん、いいよいいよ！　ウイル君の持ってきたものなら何でも買っちゃう！」

ふりふりと尻尾を振りながら、リリムさんはカウンターから身を乗り出してくる。

いつものことだが、こういう人懐っこいところが求婚が絶えない理由なんだろうな。

当然のことだがリリムさんは絶世の美女であり、迫られるたびに僕の心臓は早鐘を打つ。

今はもう慣れてしまったからそれくらいで済んでいるが、初めの頃は緊張のあまり直立したまま倒れてしまったほどだ。

あぁ、思い出すんじゃなかった恥ずかしい。

まぁ、しかしそれもしょうがないじゃないか。

その、ええとあれだ。

リリムさんが身を乗り出すたびに、その豊満な二つの果実がカウンターに乗っかって……。

「どこを見ているのかしら？　エロウイル」

ティズは全てを知っていた。

「はうお！　見てない！　何も見てないよ僕は!?　そ、それよりも今日は結構多いんですけど大丈夫ですか？」

バッグを開き、僕は買い取り専用のカウンターの上に毛皮を広げて置き、その後に袋詰めにした爪と牙を置く。

「んー？　くんくん。これはコボルトの毛皮だね、随分と量が多いけど、迷宮の中で武者修行でもしてたの？」

「いや、それがモンスターハウスのトラップに引っかかっちゃって」

「えぇぇ！　ダメじゃないウイル君、盗賊の職業じゃないのに宝箱なんて開けちゃ！」

驚いたようにリリムさんは目を丸くして、そのあと僕を優しく叱ってくれる。

「ごめんなさい。でもそのおかげで、今回は大量に毛皮を手に入れられたんです」

「う〜ん、まぁ、頑張ったのは認めるよ？　でももう無理はしないでね？」

「は、はい！　心配してくれてありがとうございますリリムさん！」

「死んだら常連が一人減るものね」

「ティズ！」

「相変わらず仲がいいよね二人は。じゃあちょっと待ってて、鑑定するから」

ティズの皮肉もまったく気にしない様子でそう言うと、リリムさんは胸元から黒縁のメガネを取り出してかける。

リリムさんは、鑑定をするときはメガネをかける、目が悪いというわけではないそうで、かけているのも度の入っていない伊達メガネである。

ではなんでメガネをかけて鑑定をしているのかというと、ただたんにこれをかけて鑑定をすると雰囲気が出て気持ちが切り替わるのだとか。

職人さんの考えば一般人である僕にはわからないが、可愛いから何でもいいのだ。

「んーくんくん」

リリムさんは素材を手に取り、臭いをかぎ始める。

リリムさんの職業は司教である。

司教にはアイテムを鑑定する能力が存在し、そのアイテム素材の価値や用途を的中させる。

それだけでも十分鑑定家としては優秀なのだが、リリムさんは人狼族の人間のため、その類《たぐい》まれなる嗅覚を使用して鑑定の成功確率を飛躍的に高めている。

その成功確率はなんと九十パーセントを超えており、そのため鑑定スキルを頼った人間がリリムさんに鑑定してもらうことを目的に来店するというケースは非常に多い。

「こうやってコボルトの毛皮とか見てると、初めてウイル君がこの店に来たときのことを思い出しちゃうなぁ」

「初めて？」

「うん、どこからどう見ても初めて来ましたーって表情で、お隣のティズさんに怒られながら防具を見てたっけ……」

「し、仕方ないじゃないですか！　田舎のきこりだったんですよ僕！」

「今も職業はきこりだけどね」

「ティズ、そうなんだけどそれは言わないで！」

「ふふ、そんなウイル君がコボルトくらいなら簡単に蹴散らせるようになってると思うと、なんだか感慨深くて」

すみません蹴散らせてないです。半べそかきながら逃げ回ってたんです。

「当然じゃない、だって私のウイルなんだから！」

ティズも乗っかって大法螺《おおぼら》吹かないの！

「ふふふ、そうだったね、ごめんなさい」

「そんな当たり前のことよりも、鑑定結果は良さそう？　悪そう？　この結果によって私達の夕食に付く飲み物が水になるか蜂蜜酒になるかが決まって、ついでに言うと鑑定の時間によってエンキドゥの酒場の特等席を取れるか、長い行列を並ぶかも分かれるのよ」

「あらら、それは大変。でも安心して、行列は並ばなくても済むよ」

「いくらになりました？　やっぱいつものレートで考えて銀貨二枚？」

「随分と良質の毛皮が一つあったからねぇ、店長に内緒でちょちょいと色を足しまして……出ました、合計は……」

◇

『カンパーイ！』


僕とティズは赤ら顔で四回目の乾杯をして、喉を鳴らして蜂蜜酒を飲む。

ここは冒険者達が集う場所、エンキドゥの酒場。

迷宮へと続く検問所の傍《そば》にあり、なおかつこの冒険者の道一番の大きさと人気を誇る店である。

迷宮の眼と鼻の先に陣取っているという酒場ということもあってか、迷宮にこれから向かうものには情報と仲間を引き合わせる場所として、迷宮から帰ってきたものに対しては、癒しと夢見心地へと誘うアルコールを提供する場所である。

値段はレベル1冒険者にとっては少しばかりお高めな設定であるが、本日ばかりはそんなことを気にする必要はない。

「しっかし、コボルト二十三匹で金貨十枚になるなんて……ふふふふ」

フラフラとワイングラスに頭を突っ込むようにして蜂蜜酒を飲むティズは、酔いが回っているのか気持ちが良さそうに十二回目の同じ台詞《せりふ》を吐く。

あ〜あ、勢いあまってワイングラスがお風呂になってる……幸せそうだ。

「……いつもコボルト一匹で大体銅貨十枚くらいなのに」

「まぁ、そんなことどうでもいいじゃない！　このお金で装備を整えて、明日はもっともっとたくさん稼ぐわよ！」

「うん！　頑張ろうねティズ！」

「それで……お金持ちになったら……ふふ、ウイルと一緒に」

「ん？　なぁに？」

「ふふ……ふふふ。きゃー！　なんでもなーいー！」

ニヤニヤとにやけた後に、ティズは黄色い悲鳴を上げる。

相当酔っているようだ。

無理もないか、レベル1冒険者として冒険を始めてから、僕達の迷宮探索は決して楽なものではなかった。

そもそも僕は初めはきこりだった。森の中でティズを発見し、ひょんなことから冒険者になることになったのだ。

ティズを助けるために……。

まぁ、きこりだった所為《せい》もあって、冒険者に必要なステータスが足りず、他人よりもずば抜けて優れた幸運以外は全て平均値以下であり、戦士、魔術師、僧侶、盗賊のどれ一つにもなることができなかった。

そのため、僕は冒険者ならば持つことができるスキルを持つことができず、現在も職業きこり兼レベル1冒険者として迷宮に潜っている。

そのため、ティズには随分と苦労をかけてしまった。冒険者としての力がないから、迷宮最弱のミルキースライムとの戦闘に丸一日かけてしまったり、罠に引っかかって一日中落とし穴から出られなくなったりもした。

今でこそコボルト程度なら一人で倒せるようになってきたおかげで、金銭的な余裕は出てきたものの、初めの頃は本当にお金がなくて、食料調達と迷宮めぐりを一日おきに繰り返す時期もあった。

本当なら実力ではなく偶然手に入れたこの金貨は、これからのために貯金をするのが正しいのだろうけど。

こんな僕を信じていつでも付いてきてくれているティズに少しでも報いてあげたい……。

だから今日は金貨一枚を使う覚悟でこの酒場にやってきたのだ。

「ほらティズ、君の好きなさくらんぼだよ」

僕は甘やかすように、赤ら顔でワイングラスの中でだらしなく寝そべっているティズに大好物のさくらんぼをプレゼントする。

保存のため、薄い水あめが塗ってあるのか、きこり時代に良く見ていたさくらんぼよりも光沢が

ある。

「わああ――！」

瞳を輝かせ、ティズはワイングラスの中でさくらんぼに抱きつき、キスをしてからかじりつく。

頭ほどもあるさくらんぼを頬張っているティズはとても幸せそうで、僕は笑みをこぼしてそんな幸せそうなティズを見守る。

「うーんおいしい！　ウイルだいすきぃ」

甘えた声で悪戯《いたずら》っぽく笑いながら、ティズはさくらんぼを食べ終わるとふらふらと飛びながら僕の肩に座る。

「大好きって……もう、飲みすぎだよティズ」

彼女にとってこれがお腹《なか》もお酒も満足いったという合図であり、僕も注文をやめて相棒との会話を楽しむことにする。

「そういえば、今日はコボルトを二十三匹も倒したけど、そろそろレベルアップってしないのかな？」

レベルアップをすればスキルを手に入れることもできるし、もしかしたら戦士や盗賊になることができるかもしれない……そうすればダンジョンのもっと奥深くに潜ることができるし……スキルがあれば探索もはるかに楽に、安全になる。今まで倒してきたコボルトと同じくらいの数を今日一気に倒したのだ……もしかしたら。

「馬鹿ねウイルは」

しかし、僕の淡い希望はティズの一言によってかき消される。

「いい？　コボルトなんて毛ほどの経験値しかもらえないのよ。普通の冒険者は、もっと経験値の入るアンデッドやゾンビを倒して、効率よくレベルアップするの。だけど私達は普通の人よりも弱い。だからこそゾンビよりも弱いコボルトやミルキースライムの相手をしてるの。だからコボルトなんて百匹くらい倒さないとレベルアップなんてできないわよ」

「そんなぁ」

となると、今の生活を続けるならあと三ヶ月はこのままということになるだろう。

今すぐどうこうなるという状態ではないとはいえ、随分と気の長い話である。

「まぁでも、今日手に入れたお金で装備も整えられるだろうし、明日からはゾンビに挑戦しても大丈夫になるから、あと一ヶ月もすればレベル2になれるわよ」

消沈する僕に、ティズはそう付け加える。

「あと一ヶ月かぁ」

決して楽をしたいとか思っているわけではないし、迷宮をなめているわけではない。

しかしそれでも、レベル2になるにはあと一ヶ月も掛かると思うと、ため息が自然と漏れてしまう。

「アンドリュー倒すのに何年掛かるかなぁ」

「何だぁウイル！　お前迷宮の主を倒すつもりなのか？」

「!?　あ、アルフ？」

不意に後ろから声が聞こえ、振り返るとそこにはワーベアもといドワーフのアルフが立っていた。

「だったらなんなのさ」

アルフは僕の冒険者としての先輩で、レベル5の戦士であり、色々と面倒を見てくれる気のいいおじさんだ。

顔が広く、鍛冶師としてのスキルも有しているため、中堅冒険者達に引っ張りだこの存在である。冒険者になりたての僕に基本的なことをレクチャーしてくれたり、最低限必要なアイテムを分けてくれたとても面倒見の良いおじさんであり、僕とティズは「熊さん《ワーベア》」と親しみをこめた愛称をつけている。本人の前では呼ばないが。

「いやなに、アンドリューを倒すなんて恐ろしいことを言う奴がいるから顔を拝んでみたら、ウィルだったから声をかけたのさ」

「そうだったんだ。随分と酔っているみたいだけど、祝勝会？」

「ったりめえよ！　この俺様が地下三階のスケープゴートをメリーシープの群れともども倒してやったんだ！　これでしばらくは安心して四階層に行けるってもんよ！　報酬もたんまりだ」

「スケープゴートって言えば、確か五階層の敵じゃない。どうしてそんなもんが上層にいるのよ、危なっかしいわね」

「なあに、たまに間抜けなモンスターはテレポートの罠を踏んづけて上層階に来ちまうんだ。魔素が薄いせいで地下五階にいるときよりも弱体化はするがな、それでも地下三階の奴らじゃ手に負えないから俺に依頼が来たってわけよ」

「で、それを今倒してきたと。流石《さすが》だねアルフ」

「おうよ、ところでさっきの続きだが、お前さんら本当にアンドリューを倒すつもりなのか？」

「それが目的じゃない人間がこの酒場に集まるのかしら？」

「そんな奴この酒場にはいねーよ。命がいくつあってもたりねーし、それに仮にアンドリューを殺しちまったら、冒険者は路頭に迷うことになるからな」

「どういうこと？」

僕が首をかしげて問うと、熊さんはやれやれとため息をつきながら僕の肩に手を置く。

アルフはドワーフ族だというのに僕よりも背が高い……これがワーベアと呼ばれる――呼んでいるのは僕達だけだが――所以《ゆえん》でもある。

「考えてもみろ、アンドリューを倒しちまったらこの迷宮は消えちまう。そうなれば、モンスターは消えちまうし宝も地下深くだ。そうなりゃ冒険者は行き場を失うだろ？　だからこのままでいいんだよ。アンドリューは迷宮から宣戦布告をしてから一度も顔を覗かせないし、迷宮のモンスターも表の世界には出てこられない。なら無理して危険な場所に飛び込むことはない……それに地下深くに潜れば確かに巨万の富が手に入る……だが、何も危険が渦巻く最下層なんかに行かなくても、二階層三階層だけでも地上では手に入らないようなお宝が手に入る。ある程度になれば生活には困らなくなるんだよ」

蜂蜜酒を飲みながら、アルフは少し悲しそうな表情をして僕に続けて言葉をかける。

「お前はまだ若い、ウイル……確かに強大な敵を倒したいというんも分かるし、正義感が人一倍強いのも痛いほど分かる。だがそれは、命を懸けるほどのことじゃあないんだよ。だから無理しようとするんじゃないぞ？　ましてやアンドリューを倒そうだなんて……俺の生活を奪わないでくれよな……じゃあな」

そう言うと、アルフは蜂蜜酒を飲みながら、元のテーブルへと戻っていく。

いつもなら一人でいつまでもしゃべる人なのに、今日はやけに切り上げるのが早い。

「気にしちゃダメよ……ウイル」

ふとティズがそんな言葉をかけてきた。

「大丈夫だよティズ。熊さんが僕を心配して言ってくれてるのはすごい分かったし。それに、僕は正義感のためにアンドリューを倒すわけじゃない……でも」

「やっぱり気にしてんじゃないのお馬鹿」

「ごめん」

「まったく、アンタはくだらないことで悩みすぎなのよ。そんなにダンジョンを残して欲しいんだったら、アンドリューを殺すんじゃなくて、飼いならしてやればいいのよ」

「飼いならす？」

「そうよ、最終階層でアンドリューと戦ったら、死にかけるくらいにぶっ飛ばす程度でとどめておいて、命乞いを始めたところである契約をするの……そうね、クラミスの羊皮紙に書かせて約束をたがえたら死ぬ呪《のろ》いでもかけてやりましょう……」

「契約？　ティズ、またろくでもないこと考えてるね？」

「ろくでもないことじゃないわよ！　それで、契約書にサインさせたらアンドリューに引き続き迷宮の管理運営をさせるのよ。オーナーは私とウイルで、そんでもって迷宮に入るには一人銀貨一枚を私達に支払わなければ迷宮に入れなくしてやるの。そうすればみんな私達にお金を貢ぐ代わりに、迷宮の恩恵に引き続きありつけるようになるってわけ！　これでどうよ！」

「どうって……あはは、まったくティズ酔っ払ってるね？　大体まだレベル1なのに……もう最下層のことを考えているなんて、気が早すぎるよ」

「笑うなー！　いつかれぇ、わたひのウイルはやってやるのよさ、ずえええったい」

「はいはい、ありがとうティズ」

ティズはワイングラスの中で奇怪な動きをしながらキーキーと騒ぐ。

僕を信じてくれているのは嬉しいが、少しばかり今日は調子に乗らせて飲ませすぎた。

そんな相棒への甘さを反省しつつ、このまま行くとワイングラスを割りかねないティズの羽をつまんで勘定を済ませるため席を立つ。


この時、僕と一緒に席を立った集団がいたことに、僕もティズも気が付くことはなかった。


「銀貨一枚になります」

迷宮一回分か……て、僕まで何を考えているんだ!?

どうやら僕も飲みすぎだったようで、反省して二人で夜道を歩く。

「明日は、装備を整えてから迷宮に潜りましょう」

「そうだね。飲みすぎちゃったみたいだし、潜るのは午後からに……」

そう、言い終わらないうちに、僕の後頭部に衝撃が走る。

「がっ!?」

吹き飛ばされる衝撃と共に、僕は何が起こったのかを悟る。

追い剥《ロ》ぎ《ーグ》だ。

暗い夜道、人通りの少ない道に時間帯……完全に油断していた。

その場に倒れ、起き上がってあたりを見回すと、冒険者の格好をした男達数人が僕とティズのことを包囲していた。

酔っ払っていたとはいえ、一切気が付けなかった自分を呪う。

「レベル1冒険者のくせして、随分と調子に乗ってたんじゃないの？　おたくら」

包囲する人の輪が少しずつ小さくなっていき、僕達は逃げ場を完全に失う。

「その不釣り合いな大金、ちょーっと貸してもらえねえかな」

にやにやと笑いながら男達は棍棒を振り上げ、攻撃を仕掛けてくる。

「くっ」

急ぎロングソードを引き抜いて棍棒を受け止めようとするも、その威力は高くロングソードは簡単に折れてしまう。

「弱い弱い！　俺はレベル5の戦士だ……レベル1なんかじゃ話になんねえんだよ！」

そう言うと、ローグのリーダーと思われる人間は振りかぶった棍棒で僕の肩を叩く。

ぼぎり、という音がし、肩の骨が完全に破壊されたことを告げられる。

「ぐあああああああっ」

「もろいもろい……てめえら、やっちまえ！」

痛みに絶叫を上げるも、攻撃の手は休まるどころか更に増えていく。

「やめなさいアンタ達！　ぶっ飛ばすわよ！」

うずくまりながら、急所を守る僕であったが、不意にティズの叫び声が聞こえてくる……まずい。

「るせえ！」

「ティズ！　危ない！」

朦朧《もうろう》とする意識と、痛みで麻痺した全身を奮いたたせて、ローグ達を跳ね除《の》けて僕はティズを抱えるように守る。

「あっ……」

同時にティズに向かって放たれた一撃が僕の首へと当たり、痛みでティズを抱えながらその場に倒れ伏す。

呼吸ができない……首をやられたせいで全身が麻痺し、呼吸困難に陥る。

「ちょっと！　アンタらなんなのよ！　悔しかったら自分で稼ぎなさいよ臆病者！」

ティズは僕の腕の中で抗議の声を漏らすが、男達はもとより会話などするつもりはない。

恐らくは酒場から付いてきたのだろう……自分の迂闊さが憎い。

当然だ、あれだけ大声で騒ぎ立てていれば嫌でも誰かの耳に入る。

冒険者は善人ばかりではない。人のものを奪っても平気な人間なんて山ほどいる。

完全に浮かれていたのだ……僕達は。

棍棒がもう一度振り下ろされ、僕の背中を強打する。

嫌な鈍い音がして、全身に力が入らなくなる。

「ごはっ」

「もう壊れてやがんの……よわっ」

「こんなんでよくアンドリューを倒すとか言ってられるな！」

「どうせその金も！　汚《きたね》ぇ手使って手に入れたんだろ？　偉そうに説教垂れてんじゃねぇぞこら！」

「ぐっ……あっ……つあぁう!?」

振り下ろされる棍棒は四方からとび、全身は痛みにより悲鳴を上げる。

「やめて！　お願いもうやめて！」

折れた肩と、後頭部の不意打ちは重く……それよりもいつも強気なティズの悲痛な叫びがなによりも僕を打ち据えた。

当然、こんな体ではティズを守るだけで精一杯であり、僕はすぐに行動不能になる……。

「じゃあな腰抜け、ありがたく借りていくぜ」

男達が僕の懐から金貨袋を取り出し、最後に僕の顔を踏みつけてから去っていくまでに時間は掛からず、それ以降の男達の楽しそうな会話と笑い声ははっきりと聞こえていたが、内容を記憶する気にはなれなかった。

「ごめんなさい……ごめんなさいウイル……私が、調子に乗ってべらべらしゃべったから」

謝らないでティズ……何も悪くない、君は何も悪くないよ。

「大丈夫？　ねえウイル……ねぇ、返事して！」

「だい……じょうぶだよ……ティズ」

「ウイル！　ごめんなさい……ごめんなさい……私……私」

力が欲しい。

ティズは泣いている……僕が泣かせた。僕が弱いからティズを泣かせたんだ。

力があれば……ティズを泣かせずに済むのに。

「……ごめんねティズ、せっかくの大金だったのに」

力が欲しい。何もかもを喰《く》らい尽くせるような……そんな力が。

「お金ならまた集めればいいじゃない！　美味しい料理が食べられたんだから、ね？　今日はそれで良いじゃない」

良いわけがない……だけど、弱い僕には吼《ほ》えることも許されない。

「……うん、帰ろうかティズ」

「歩ける？」

「なんとか……ね」

「こんなときに肩も貸してあげられないなんて」

「大丈夫だよ……帰ろうティズ」

「うん……帰ろうウィル」

二人で夜道を歩く。ボロボロの体を引きずりながら……。

自らの弱さを嚙み締めて……。

◇

「お疲れ様でーす！」

今日も今日とて店は大盛況。私は尊い労働の後の清々しい気持ちのまま店を閉め、仕事仲間たちに挨拶を交わしながら鼻歌交じりに店長室を目指す。

閉店前まで行っていた隣の国の大使との商談も上々で、この話がうまくまとまれば念願の香辛料がこの店に並ぶかもしれない。

これを聞いたらきっと店長は喜ぶだろう。

「勝手に失礼します、お疲れ様です店長！」

「おう、リリムお疲れ」

適当な挨拶を述べて勝手に店長室に入ると、クリハバタイ商店の店主であるトチノキは、そんな私の無礼にも怒る気配など見せずに素材の仕分けや再鑑定の手を止めて振り返り、私にねぎらいの言葉をかけてくれる。

「先ほど隣の国の使者との商談が終わりました。なかなか順調で、早ければ来月中には香辛料がこんにちはしそうです」

「そうか！　そいつは良くやってくれたなリリム！　いやはやお前にこの件を一任して正解だったなぁ、どうにも俺がやると相手がやり辛《づら》そうでな……」

「店長、顔が怖いからですよ」

「これでも怒っていないんだぞ？」

「知ってますよ、店長は不器用だけどとってもいい人だっていうのは、みんな当たり前のように理解してます。少なくともこのクリハバタイ商店ではね」

「がっはっは、照れるやい！」

からからと店長は笑いながら、報告に満足をしたのか再び途中であった再鑑定を開始する。

「何か変わったものでもありました？」

「いんや、今日も三階層までの素材が殆どだな……一番いいものでも二階層の幸せ兎《ハッピーラビット》の毛皮くらいだ」

「それだけでもすごいじゃないですか。昨日なんて一番いいものでマタンゴの幼生だったじゃないですか」

「まぁな、しっかし最近はみんな深くまで潜らなくなっちまったからなぁ……今はまだいいが、このままだと上層階の素材は値崩れを起こすぞ？」

「そうですねぇ、みんながみんな毎回上層階の素材ばかり持ち寄ってきたら、買い取りも難しくなりますからねぇ……」

「あぁ、コボルトの毛皮もそろそろ銅貨五枚まで買い取り価格を下げるべきかなぁ……今日だけで五十枚は買い取ってるぞ」

「あぁ、コボルトといえば、今日ウイル君が二十三枚もコボルトの毛皮を売りに来てましたね」

「ウイルってーと、リリムのいつも言っているあの餓鬼か？」

少し不満そうな表情を店長が見せたのは、私がいつもウイル君のことを良く言っているからだろう。

本当に、年頃の娘を持った父親のような反応だ。

「ええ、中に一つだけやけに綺麗で上質な毛皮があったんで、高めに買い取ったんですけれども、コボルトにレアドロップってありましたっけ？」

「いんや？　聞いたことねえ」

「あれー？」

鑑定は、武器や防具であればすぐに名前や効果、値段が出るのだが素材はそうは行かない。

もともとの傷み具合やそのモンスターの育ち具合によっても値段に影響が出てくるため、例えば毛皮の場合、良質なものは良質な毛皮としてしか素材は鑑定されない。

そしてそれがどのモンスターの毛皮や爪であるかは店の人間の感覚と知識のみで判断し、値段を割り出さなければならない。

そのため、武器や防具の鑑定などよりはよほど気を遣《つか》うのだ。

「ふーむ、下層の魔物ならともかくコボルトの毛皮程度でお前の鑑定が外れるってこともまず考えにくいからなぁ。それは俺も気になるな、ちょいと先に見てみよう。どこにある？」

そう言うと店長は作業の手を止めて私にそのコボルトの毛皮を持ってくるように言う。

「はーい」

それに従い、店長再鑑定要と書かれたチェストボックスの中から、その毛皮を探し出す。

上質のものであるためそれはすぐに発見ができ、私は自らの感覚が間違っていないことを再認識した上で店長にその毛皮を渡す。

「ふぅむ……確かにこりゃ上質だ……それにこの毛並み、確かにコボルトのものだが……ってあん？　おいこらリリム！　こいつは……」

「ふえ？」

◇

次の日の朝、夢を見ることなく死んだように眠った僕は、全身の痛みの中で鬱々《うつうつ》と眼を覚ます……わけでもなく、いつものように——むしろ少し体が軽いような——ベッドから起き上がる。

もっともだえながら眼を覚ますことを覚悟していたのだが、痛みはすっかりと引いており、いぶかしげに全身を確認しながら起き上がると、コロンと何かが手にぶつかる。

隣を見ると、薬草をすりつぶしたすりこぎが転がっており、その隣でティズが薬草まみれになりながら寝息を立てている。

気にしなくていいと言ったのに、ティズは責任を感じて一晩中僕の傷に薬草を塗ってくれていたらしい。

おかげで僕はいつもどおりの朝を迎えることができたようだ。

「ありがとう、ティズ」

一晩中看病をしてくれたティズに感謝の心をこめてゆっくりと毛布をかけてあげる。

「よっと」

僕はベッドから降りて、いつもどおりの服に着替える。

薬草は良く効いているようで、僕は体を一通り動かしてみて異常がないかを探る。

「うーん、どこも異常がないみたい。正常正常！」

良かった、骨が折れたときはしばらく迷宮探索は無理かもしれないということを覚悟はしていたが、これならば何とかなるかもしれない。

「ん？」

……て、待てよ？

今僕はなんて言った？　骨が折れた？

昨日の記憶を辿ると、確かに追いはぎ《ローグ》にあって、そのときに肩の骨を折られている。

それは確かに間違いでもなんでもなく、昨日の夜は肩を動かすこともできなかった。

しかし現在折れているはずの肩はすっかりと元通りになっており、むしろ今までよりも頑強になったような気さえする。

あくまで気だが。

とりあえずぐるぐると腕を回してみて、異常がないか再確認してみるが、やはり特に異常はない。

「骨折って、一日で治ったたっけ？」

確かに、中位の治癒魔法を使えば一日を待たずして骨折が治ると聞いたことがあるが、レベル1冒険者で元きこりである僕には中位治癒魔法どころか下位治癒魔法すら使えない。

そしてティズも回復魔法は使用できない。

そうなると考えられる要因としては、誰か高位の魔法使いが僕の惨状に哀れみを感じてわざわざ不法侵入を犯してまで僕の怪我を治してくれたという可能性であるが、それを肯定してしまうほど僕の脳みそはご都合主義のフラワーガーデンには毒されていない。

「うーん……あれ？　ウイル……もう起きて大丈夫なの？」

どうやら独り言が大きすぎたようで、眠っていたティズが大きなあくびを漏らしながら寝ぼけ眼《まなこ》でこちらにフラフラと飛んでくる。

この様子を見るにティズも何か特別なことをしたわけではなさそうだ。

「無理しちゃダメじゃない……アンタの肩の骨ばっきばっきなんだから」

「そのはずなんだけど、見てよティズ、ほらこの通り」

もう一度ティズの目の前で肩をぐるぐる回してみせる。

「あら本当。治ってるわね……よかったよかった……ってこらー！　なんじゃそりゃー！」

眠気も吹き飛んだのか、華麗な乗り突っ込みである。

「し、知らないよ!?　僕だって朝起きたらこうなってたんだもん！」

「そんなすぐに怪我が治れば魔法も寺院も必要ないわよ。骨と一緒に神経もやられて痛覚麻痺でもしてるんじゃないの？　で、ふとした拍子に全身の骨が砕けて崩れ落ちるとか」

「怖っ！　なにそれ、僕そんなことになってるの？」

「神経麻痺は十分ありえる話ね。アンタ私をかばうために背中や腰を結構強打されてたものね……。そうなったらもう寺院に行かなきゃ治らないわよ」

「どどどどど、どうしようティズ!?　僕達寺院に行けるほどのお金なんて持ってないよ！　もしかして一生寝たきり生活とか!?」

「現在進行形で歩けているけどね！　とりあえず、何はともあれアンタが今どんな状態か見てみないと話にならないわ。とりあえずそこに座って。ステータスを見てあげるから」

「そ、そっか。うん、お願いティズ」

僕は言われたとおりにベッドに座り、ステータスの表示を見る。

冒険者とパートナー契約を結んだ人間のみが閲覧できる、ステータス。

魔法でリンクした人間の健康状態やレベル、数値化した身体能力や職業などの個人情報を視覚化し、必要であれば一枚の羊皮紙に書き起こすこともできる魔法である。

元来は遠距離呪術のお供として開発された闇魔法の一種であり、呪った相手がどのようにして死んでいくのかを遠方からでも数値化して確認できるという趣味の悪い魔法であったという。

しかし現在では、冒険者の体の変調や怪我の具合、かけられている呪いを全て閲覧できるという特性から、このステータスを見ながらパートナーに指定された人間は冒険者が常に最高のコンディションで迷宮に潜ることができるように健康管理をしたり、探索中に必要とされる回復魔法の指示をパーティーメンバーに出すために用いられる、冒険者必須の魔法となっている。

物は使いようというのは、本当にこのことである。

「ほら、出たわよウイル……ふむふむ、見たところステータスに異常はないわねぇ。体力も落ちてないし……変なことに健康そのものよ。ただ少し体重が増えて……ってはぁああああぁ!?」

ティズは羊皮紙に書き起こしたステータスを見ながら驚愕の声を上げた後、いぶかしげな顔をする。

「ど、どうしたのティズ?」

「ええとそうね……だとすれば……でも、えぇ?」

「ど、どうしたのさ？　崩れるの？　崩れちゃうの僕！」

「いや、崩れはしないんだけどね……その、えーと、レベルが」

「レベル？」

「レベルが……上がってる……二つも」

「えええええええええええええええええええぇ!?」

「ほら」

名称　ウイル　年齢　15　種族　人間《ヒューマン》　職業　ファイター　レベル3

「ほ、本当だ。昨日までレベル1だったのに……一気に二つも……」

「いや、それよりも下を見てみなさい」

「下？」

筋力　12
生命力　9
敏捷　10
信仰心　5
知識　11
運　19

使用可能魔法
　なし
使用可能神聖魔法
　なし
保有スキル
　メイズイーターレベル1

「なんかスキル発現してる!?　ていうか運が！　運が!?」

「落ち着きなさいウイル」

　ティズは冷静に僕を制止するが、落ち着いていられるはずがない。

「だってティズこれ……人間のステータスの最大値は18のはずなのに……これ、19って、メイズイーターって！」

「おちつけー！」

「ふぁい」

　ティズのドロップキックが顔面にめり込み、僕はへこんだ顔のまま冷静さを取り戻す。

「とりあえず、怪我が治ったのはレベルアップのおかげみたいね。まぁ寺院生活も寝たきり生活もしなくて済んだっていうのは不幸中の幸いね。最初はアンタが再起不能になるまで殴られたせいで、ステータスの魔法がエラーを起こしたのかと思ったけど、傷が回復する現象はレベルアップ時に起こるものだし、レベルアップ自体はちゃんとしてるみたいね」

ため息を漏らしながらも、ティズの表情には安堵の色が見える。

「これがレベルアップ……確かに体が軽くなったような気がするけど、なんか、何も変わっていない気がするんだけど」

「大丈夫よ、迷宮に潜ればすぐにでも効果が実感できるわ」

「そうなの？」

「ええ、何もかもが違うはず……とまぁそんなことはどうでもいいのよ……問題はこれ！」

ティズは羊皮紙を机の上においてばんばんと机を叩く。

そこに書かれているのは、見間違いでも印字ミスでもなんでもない。

「……やっと、やっと覚えたんだね」

「ふ……ふふ！　そうよ、やっと覚えたのよウイル！」

『初めてのスキル！』

二話　メイズイーター

　二人で手を取って石造りの決して綺麗とは言えないボロボロの家の中を、さながら舞踏会で貴婦人達とダンスを踊るかのようにくるくると回る。

「凄そう！　なんだか凄そうな名前だよティズ！」

「メイズイーターですって！　メイズイーター！　迷宮喰《く》らっちゃってるわよ！　凄いに決まってるじゃない！　こんなスキル見たこともないし聞いたこともないわ！　それに、幸運19なのよ！人の領域を超えたすんごいチート能力に決まってるじゃない！　チートよチート！」

「凄い凄い！　ところでチートって何？」

「とんでもなく凄いことよ！」

「そっか！　チートだチート!!」

　僕達は浮かれている。

「早速！　迷宮に行って試してみようよティズ！」

「あったりまえじゃない！　こんな凄い能力身に着けて今日はお休みなんて言ったら、誰も見たことのない私の必殺の百八のとび膝蹴りをかましてやるわ！」

「さっき見たけどね！」

完全に浮かれている。

「じゃあ、早速朝ごはんを食べて準備して、迷宮に……」

迷宮に行こう……そう言いかけた瞬間。

「すみませーん、ウイルくーん、いますかー？」

この家に住み始めて一ヶ月間、一度も叩かれることのなかった玄関のドアが初めてノックされる。

「リリムさん？」

声の主は聞き覚えのあるおっとりとした声色であり、しゃべり方からすぐにリリムさんが来たのだということに気が付いた……はて、急にどうしたのだろうか？

「朝っぱらから……」

一瞬ティズが凄く怖い顔をしたような気がしたが、気のせいであろう。

「いないですかー？」

「あ、います！　今出ます！」

僕は慌てて玄関まで駆けていき、扉を開けるとそこにはフードをかぶったリリムさんが立っていた。

まだ日が完全に昇りきっていない時間帯だというのに、どうしたのだろうか。

「おはようございますウイル君」

「おはようございますリリムさん、えと、急にどうしたんですか？」

「えっと、その……ちょと昨日のことで話があって」

少しバツが悪そうな表情をリリムさんはして、そう恐る恐る言う。

「昨日のこと？」

追いはぎにあった……ではなく、きっとコボルト二十三匹についてだろう。

「えっと、昨日のコボルトの毛皮についてなんだけど、私間違えちゃって……それで今日来たの」

「間違い……」

一瞬背筋が凍る。

昨日のことといえば金貨のことである。

確かに多いとは思った。一匹銅貨十枚のコボルトから金貨十枚がどうやったら出てくるのか疑問に思ったが、やはり間違いがあったのだ。

「何よ、いまさらお金返してなんて言われたってお金返さないわよ！」

正確には返せないだけど。

あぁしかしどうしよう。普通だったら返すのが一番得策だ……リリムさんにはいつもお世話になっているし、あちらのミスとは言え、クリハバタイ商店に恩を売って得はすれど、ケンカを売って良いことなど何一つない。

勿論冒険者となればそれはなおさらだ。

金貨十枚は確かに大金ではあるが、これから迷宮に潜ることを考えると、金貨十枚とクリハバタイ商店との関係を秤《はかり》にかけたとき、どちらに傾くかは言うまでもない。

こうなれば東の国伝来の土下座を使用して見逃してもらうしか……。

「い、いえ!? 違います、渡したお金が多すぎたのではなくて、少なすぎたんです！」

「へ？」

予想外の言葉に、間の抜けた声を出してしまう。

「すくな……すぎ？」

理解が追いつかない。少なすぎとはどういうことなのだろうか？

僕の頭が悪いから理解ができないのだろう……きっとそうだ。

あぁ、こんなことならもうちょっと勉強をしておくべきだった。

「ちょっと、どういうことよ」

ティズ、君もか……これからでも間に合う、これから一緒に勉強しようね。

なんて理解が追いつかず、アホなことを考えていると、リリムさんは慌てたように言葉を続ける。

「え、ええと。先日お持ちいただいたコボルトの毛皮なんですけれども……一枚だけ良質な毛皮があったので、ものめずらしいということもあって金貨九枚という値段を付けて、普通のコボルトの毛皮と爪あわせて銅貨二百二十枚分も、まとめて金貨一枚で買い取ったのですけれども」

最初の時点で銀貨八枚分もおまけしてくれていたのか……天使か貴方は。

「そ、それだけやってまだ少ないってどういうことですか？」

「それが……その、良質なコボルトの毛皮だってばかり思ってたんですけれど。店長に鑑定してもらったら……あの毛皮……コボルトキングの毛皮だったんですよ」

『こ、コボルトキングウウゥゥ!?』

驚くなんてものではない。

コボルトキングといえば迷宮七階層の魔物であり、一階層のコボルトなどとは比べ物にならないほどの力と耐久力、そして武芸に秀でた強敵である。

「そ、そういえば槍の罠をまともに喰らって生きていたタフな奴がいたけど……まさかあれが」

「ちょちょ……でも、そうなると僕達コボルトキングに襲われていたってことだよね」

今更ながら全身に悪寒が走る。

本当に良かった！　ティズにそそのかされて少しでも戦おうだなんて思わなくて本当に良かった!?

「でも何で七階層の敵が一階なんかに出てくるのよ！」

「えぇと……それは多分、モンスターハウスの罠の影響だと思うの」

「モンスターハウスって……同じ種類のモンスターをかき集めて召喚する魔法じゃ？」

「うん、そうなんだけど、正式には同じ名前が付いていれば問題なくて、例えばデーモンだったら、ごくまれにレッサーデーモンとグレーターデーモンが一緒に呼び出される……なんて事例も発見されているの。ランクは関係なしに同じ種族のものを引き寄せる罠だね、あくまで多分で確証はないけど……もともとテレポーターの罠で上層階に上がってきちゃっていたのが、モンスターハウスのトラップで呼び出されたって可能性もあるから」

どちらにせよモンスターハウスが原因で遭遇したのは間違いなかった。

「……そ、そうなんですか。ティズ」

「ごめんなさいもう宝箱なんて開けません」

罠解除のスキルなしに宝箱を開けない。うん、ウイル覚えた。

「そ、それでコボルトキングの毛皮って、結局いくらになるんですか？」

「あ、そうそう！　このたびは大変ご迷惑をおかけして申し訳ございませんでした、お詫びの意も込めて、コボルトの毛皮と爪二十二個は先にお渡しした金貨十枚で買い取らせていただき、コボルトキングの毛皮は正式なお値段、金貨八十枚でお買い取りさせていただきたいと思うのですが……」

腰が抜ける。

「きき……金貨八十枚!?」

そう言うと、リリムさんは金貨の袋を取り出す。

「間違いはないと思うけど、数えてみて」

もう胸が揺れていたとか胸元から金貨袋が出てきたとか考えている余裕など一切ない。

渡された金貨袋を開くと、黄金色がまぶしいくらいに輝きを放っている……。

大金なんてものではない。

「は……はひへ!?　こ、コボルトキングってそんな値段するの!?」

「七階層にまで潜れる冒険者は滅多にいなくて、七階層にしか存在しないコボルトキングの毛皮は特に最高級のローブを作るのに用いられるの。注文は殺到するんだけど品薄で……だから素材はこれだけ高くなっちゃうんだって……言い訳じゃないんだけど、私も初めて見たくらいで……本当にごめんなさい」

コボルトキングすげぇ!?

「これでレベルアップの理由が分かったわね、ウイル」

「そ、そうだね」

レベル1冒険者が一人で七階層の敵なんて倒せば、それはレベル2くらいは上がりますわ。

本当に強運である。

「ウイル君レベル上がったの!?」

「えぇ、今日起きたら二つほど」

「わー！　おめでとう!!　そうだよね、七階層の敵を倒したんだもんね！　レベル3にもなれば、もっと長く迷宮に潜っていられるし、このお金で装備だって……ねえ、ウイル君。鑑定を間違えちゃって本当にごめんなさい……こんな私だけれども、これからも、来てくれるかな？」

申し訳なさそうに犬耳をしゅんと下げて、リリムさんは僕のことを上目遣いで見上げてくる。

「いきまふ！」

かわいいは正義。

「このエロウイル！　犬耳か？　犬耳にやられたか!?　むきー！」

その後、金貨がきちんと八十枚あることを確認し、後ほど装備を見繕ってもらう約束をとりつけてリリムさんはその場を去っていった。

どうせ今日も寄るのだからそのときでいいのにと元きこりの僕は思ったのだが、誠意を見せるという名目でその実、装備の購入の約束をとりつけるためにわざわざ訪れたのだろうとティズは言っていた。

なるほど、流石《さすが》は商人さんだ……断じて胸にやられたわけではない。

「ま、あのリリムって女は危険だけれども、クリハバタイ商店と仲良くしておいて損はないし、何はともあれ結果オーライよ、ウイル」

からからと笑いながらティズはそう言い、僕はそれにうなずいて朝食の準備に取り掛かる。

色々と騒がしいこともあったが、これでコボルトの毛皮と爪については今度こそひと段落である。

当初の予定通り、迷宮に潜るのは午後からにして、午前中は装備を整えよう。

◇

「あっ！　ウイル君！　来てくれたんだ！」

「今朝《けさ》はありがとうございました、お約束通り、装備を見に来ましたよ」

朝食を終えて、準備を整えた後、僕とティズは昨日の教訓を生かし、必要になる金貨だけを持ってクリハバタイ商店へと顔を出す。

相も変わらず迷宮に向かう前の冒険者達でごった返していたのだが、僕達が中に入るとリリムさんは作業を中断して僕達を案内してくれた。

「約束していた通り、ウイル君にあいそうな装備を探しておいたよ」

そう言うと、リリムさんは僕の前に装備を並べてくれる。

「うちのお店で取り扱っている戦士用の装備なんだけど」

「随分とごついものが多いのね、まあ魔物とかとやりあうんだから当然といえば当然なのかしら？」

そう言いながらティズは真剣な表情でプレートメイルやアーマーを物色している。

「まぁそれは戦い方によって変わってくるんだけれども、ウイル君はどんな戦い方をしているの？」

「ええと」

そう言われて少し口をつぐむ。

戦闘スタイルなんて考えたこともなかったが……。

どちらかといえば盾も持っていなかったので、ヒット&アウェイで戦うことが多かった……気がする。

「どちらかというと力で押す……というよりも速さを生かして戦っています」

「ふむ……となると軽くて丈夫な装備……そうなるとこれなんてどうかな？」

そう言うとリリムさんは一つの薄紫色に光る鎖帷子《くさりかたびら》を手渡してくれる。

「わっとと！」

重いのかと思って持ってみたら、想像以上に軽く、凄く滑るため手から零れ落ちそうになる。

肌触りはまるで砂浜の砂を触っているかのように細かい。

「これも、防具なんですか？」

とてもじゃないが敵の攻撃を防げるようには思えないのだけれども。

「うん、これはね、ミスリル鉱石を加工して編んで作ったミスリルの鎖帷子。魔法耐性もなかなか高いし、ミスリルプレートとかに比べちゃうと流石に防御力は落ちちゃうんだけど、ウイル君みたいなタイプにはぴったりだと思うんだ」

「ミスリルって、下層冒険者だってそうそう持ってないわよ!?」

ティズが驚愕したように眼を丸くする。

「ウイル君のために、一つだけ在庫を押さえておいたの」

「ふ、ふわっ!?　ありがとうございます」

「……ちっ」

一瞬ティズが妖精がしてはいけない形相でチンピラみたいな舌打ちをしたような気がしたが、幻覚の魔法が近くで暴発したのだろう。

きっとそうだ。

「アーマークラスは申し分ないし、重量による速度低下もないよ。金貨八枚分って結構高いお値段だけど、もっとレベルアップして筋力が上がれば、上から防具を着込むこともできるっていうお得なレアアイテムだよ」

「おおおお！」

重ね着ができるというのは凄いお得に感じる。

クリハバタイ商店は信用できるお店だし、一流の武器防具鑑定士のリリムさんが太鼓判を押してくれているのだ、これ以上のものは今の僕には存在しないのだろう。

なら迷う必要はない。

「でもそれ、レベル３冒険者の装備じゃないわよ……リリム、本当にいいの？　普通だったら他の常連に回すような品でしょ？」

ティズが何か不安そうな表情をしてそう問いかけるが、リリムさんはこくりと頷いて笑顔を作る。

「ウイル君のためだから」

「昨日のことを気にしてるんだったら」

珍しくティズが弱気だ……ということはやっぱり凄いものなんだこれ……。

「違いますよ、ティズさん。知らなかったんですか？　私、もうすっかりウイル君のファンなんです。これは個人的な応援です……きみならきっと、凄い冒険者になると思うから……へへへ、ファン第一号です」

胸を張ってリリムさんが垂れていた耳をぴんと立てる。

揺れてる。

「ふぁ、ファンだなんて!?　ぼぼ、僕なんてダメダメ冒険者で……」

「ふはははは！　そーなのよ！　アンタ分かってるじゃない！　そーよウイルは凄いのよ！

わ・た・し・のウイルはいつか最高の冒険者になるの！」

【ティズの特徴その一　ウイルを褒められるとちょろい】

「えーと、じゃあこのミスリルの鎖帷子は購入します。後は剣もできれば見繕ってもらえると嬉しいんですけれども」

「うん！　ここに並んでいるものだったら何でも購入できるよ！　ただ」

「ただ？」

「いい装備を買ってもらっても勿論構わないんだけれどね、是非、ウイル君に使って欲しい剣があるの」

「へ？」

そう言うと、いそいそとリリムさんは奥の部屋へと入っていき、中から一本の剣を取り出してきて、鞘《さや》から剣を引き抜いて僕の前にそっと置く。

反りのある片刃の刃《やいば》であり刀身には文字が刻まれている。

全体的に細身の剣であり、柄《つか》と鍔《つば》の部分には美しい鳥の彫刻が刻まれている。

レイピアともサーベルとも……カタナとも違う、独特な雰囲気を持つ剣だ。

「これは？」

「名前はホークウインド、文字による魔法、ルーンを刻み込んだ魔剣と呼ばれるものだよ」

「魔剣って……御伽噺《おとぎばなし》にも出てきますよね魔剣の奪い合いで戦争にまでなったって……その魔剣ですか？」

「うん、その魔剣だね。といっても、御伽噺の円卓の騎士《ナイトオブラウンドテーブル》みたいにこの剣を持っていると魔法が使えるようになるわけじゃあないよ。魔法が付与されて、特別なステータス上昇効果が得られるってだけ」

「それだけでも十分凄いですよ……でも、これも高いものなんじゃ」

「ううん、もしこれを使ってくれるなら、御代は要《い》らないよ」

「アンタまさか、呪われている厄介もん押し付けようってわけじゃないでしょうね！」

「ち、違いますよティズさん」

「でもそうすると……その、幾らファンだからって、不味《まず》いんじゃないですか？　魔剣だなんて」

「ううん、大丈夫。この剣、ホークウインドは私が作った最初の剣なの」

「へぇ、最初にねぇ……ってはぁ!?」

ティズが驚愕のあまりに天井に頭をぶつけている。あれは痛い。

「ええ、実は私元々鍛冶師になるのが夢で……仕事の都合上、一度は司教になったんですけど、この前やっと転職できて……それでこの剣を作ってみたんですけれども、無名の私の剣じゃ誰も使ってくれないだろうし、だったら、一番信頼できる人に使ってもらって……その、宣伝を」

ぬ、抜け目ねえええぇ!?

まさかこの人、朝からか……朝からこうなるシナリオを想定して!?

どうしよう、最初から最後まで気持ち良く手の平の上でコロコロされている。

だけど不快感が一切湧かないどうしよう！　むしろ全て手の平の上だって分かった上でも断る理由が見つからない！

犬耳か！　犬耳なのか、この魔力!?

「ええと、だめ？　ですかね。品は保証します！　鑑定士として、ここに並んでいるどの刃よりも切れ味も強度も高いことは贔屓目《ひいきめ》なしで確かです！」

「……ええと、じゃあどんな上昇効果があるんですか？」

「全てのステータスに持っているだけで上昇補正が掛かるんです」

「凄すぎるでしょ！」

「ただ、どれくらいの上昇かは保証できないの……初めての作品だからルーンがしっかりと機能するかどうかも使ってみないと分からなくて」

「なるほど、ようは実験台ね」

「あう」

「ティズ！」

「冗談よ。見た感じ、アンタの言うとおりかなりいい装備みたいだし？　どうせエロウイルは使う気満々なんでしょう？」

「え、あ、うん！　リリムさんの夢なんだもんね。僕にできることなら、お手伝いするし、それに、個人的にこの剣を気に入りました」

なんかホークウインドって名前も凄いかっこいいし。

「本当ですか？」

「ええ、むしろ本当に御代はいいんですか？」

「はい！　店長にも許可は貰っているから！　あとはウイル君がばったばったと敵をこれで斬り刻んでくれさえすれば！」

「表現が怖いですよぉ、リリムさぁん」

「そんなことないよぉ、ウイルくぅん！」

「あ〜あ、ま〜た鼻の下伸ばしちゃってエロウイル」

何かティズのため息が聞こえたような気がしたが、僕はそんなことは気にせず、リリムさんに魔剣の使い方や細かい説明をレクチャーしてもらうことになった。嬉々として魔剣について語るリリムさんはとても楽しそうで、輝いていて……頑張らなきゃいけないと、僕はその説明を聞きながら自分に言い聞かせた。


リリムさんの夢のためにも……。


「ありがとうねウイル君……私のわがままを聞いてくれて。何かお礼をしたいんだけど」

「い、いいえ!?　いいんですよ！」

剣もただでもらっておいて、お礼までもらったら罰《ばち》が当たりそうだ。

「あ、そうだ……これからもっと長く迷宮に潜るってことは、素材もたくさん手に入れるってことだよね。昨日コボルトの毛皮をたくさん持ってきてくれた時にちょっと大変そうだったから、これあげるね」

そう言うと、リリムさんは一つの袋を取り出し僕に手渡してくれる。

「これは」

「トーマスの大袋。中には空間圧縮の魔法がかかっていて、見た目よりもたくさんの物を入れることができる袋なの！　冒険者には必須なアイテムなんだけど、ウイル君持ってなかったでしょ？　これは私が昔使っていたものなんだけど、私はもう必要ないからウイル君にあげるね」

「し、しぶっ!?」

私物だって!?　そそ、そんな素晴らしいものを僕にくれるなんて！　どうしよう、断るつもりだったのに断りたくない！

そしてこの袋、迷宮探索には必需品なのか、あのティズも何も言わない。

その代わり苦虫を嚙み潰したような表情でこちらを見ている。

「ほ、本当にもらっていいんですか？」

「うん！　それも売り物じゃないし、それに、アイテムをたくさん入れられるっていうのはまたい素材をうちに届けてくれるってことでしょ？　ほら、お互いウインウインの関係だよ！」

うん……そ、それならしょうがないな。

僕は誘惑に負けて、リリムさんから大袋をありがたく頂戴する。

ほんのちょっぴり、リリムさんの匂いがしたような気がした。

【ミスリルの鎖帷子、魔剣・ホークウインド、トーマスの大袋を手に入れた】

◇

「さて……と、後回しになっちゃったけど」

「ふふ、やってやりましょう！」

【メイズイーター《迷宮喰らい》！】

迷宮内に入り、早速僕達は新スキル——メイズイーター——の効果を調べることにする。

ティズも知らないスキルだというので、何が起こるかわからないし、もしいいスキルで他の冒険者に見られてこの前のように新人潰しにあってもつまらないとのティズの発言から、迷宮入り口から少し入った大部屋で実験を行うことになったのだが。

「少し広すぎるんじゃ」

迷宮第一階層、通称何もない部屋。

敵も宝箱も何もなく、ただ広い空間のみが広がっているこの部屋は、時折徘徊《はいかい》をしているスライムやコボルトが出現するくらいで、それ以外には何もない。

冒険者達もここには立ち寄らず素通りがセオリーとなっているため、ティズもここならば心置きなくスキルの実験ができると踏んだらしい。

「何言ってるのよ！　メイズイーターよメイズイーター！　本来迷宮に喰われる側の私達が、迷宮喰らっちゃってるのよ？　もしかしたらどでかいワームでも召喚するスキルかもしれないじゃない！　そうなったとき小部屋だったら私達圧死するわよ！」

イメージしたら最悪な死に方だった。

夢に出てきそう。

「流石にスキルで召喚魔法はないと思うんだけど」

というかそうでありませんように。

「いいのよ誰も来ないし！　大破壊系のスキルだったときに巻き込まれなくて済むし、何より敵もいないし、後ろを壁にしているから万が一のバックアタックも心配ないわよ！」

そこは確かに重要だ。

「というわけで気兼ねなくパーッてやっちゃいなさい！　スキルは魔法と違って詠唱も何も必要ないから！　使いたいと思えば使えるはずよ！」

ティズは大はしゃぎだ……まぁそうか、彼女にとっても僕のスキルは悲願だったといっても過言ではない。

「うん、分かったよ……じゃあ」

なら、今ここでその期待に応えて、彼女を喜ばせてやりたいじゃないか！　相棒として！

どんなスキルかは分からないけど、自分を信じろ！

【メイズ！　イーター！】

怒号を響かせ、僕は前方に向かって渾身の力でメイズイーターを放つ。

…………………………………おおっと？


何も起こらない。

「てぃ……ティズ」

「もう一回！　もう一回よ！　初めてだもの失敗することだってあるわよ！」

「そうだよね！」

深呼吸をして、今度こそきちんと心の中でスキル発動を意識する。

よし、いける！

【メイズイーター！】

…………おおっと？

「メイズイーター！　メイズイーター！　めい、ずいーたー！　め、いずいーたー！　めいずいぃたぁ！　メイドキター！」

おおっと？


「何も……起こらない」

その場に崩れ落ちる。

まさか何も起こらないなんて……何が悪いんだ？　僕か？　僕が悪いのか？

それともおちょくられているのか？　自分のスキルにも馬鹿にされているのか僕は。

体にも何の変調もないし、力が上がったりスピードが上がっている様子も見られない。

なんだ……何が悪いんだ……。

「も、もしかしたら強力すぎてレベルが上がらないと使えないのかもしれないし！」

「そうか……そうなのかもね……うん、まぁお金がたくさん手に入ったから今日はそれで良しとしようか」

「そうよ！　いい防具も剣も手に入ったんだし、今後のお楽しみってことにしておけばいいじゃないウイル！　きっと凄いスキルなのよ！」

ティズが慌ててフォローしてくれる優しさが痛い。

やめて、これ以上優しくされたら泣いちゃう。

「ほらほら、立って！　レベルアップしたんだし！　今日は少し奥まで探索しましょう？　気分転換も必要よ！」

　死と隣り合わせの気分転換かぁ……気がまぎれる前に死んでしまいそうです。

「まぁでも、落ち込んでいても仕方ないよね」

　そう自分に言い聞かせ、僕は力の抜けた足に気合いを入れながら、壁に手をかけてゆっくりと立ち上がる。

　いつまでも落ち込んでいても仕方がない。スキルは逃げないのだ、ゆっくりと向き合えばいい。
　メ、イ、ズ、イ、ー、タ、ー、なんだ……きっと凄いに決まって……。

　瞬間、手をかけていた壁が大きな音を立てて砕け散り、大きな穴が壁に開く。

　まるで道を開けるかのように、そして組み木が崩れるかのように、魔法で作られたレンガの壁は粉々になり、壁の向こうの通路が姿を見せる。

「ウイル？」

「……ご、ごめんなさい」

　とりあえず謝っておいた。

「へ？　何が起こったの今」

「わ、わかんない……ただ壁を触ったらいきなり崩れて」

「壁？　馬鹿なこと言わないでよウイル！　この迷宮の壁はアンドリューの魔力で形成されていて、

核撃魔法であっても壊すことなんてできないのよ？　アンタみたいな駆け出し冒険者が触ったくらいで壊れる代物じゃ……」

「ええと……」

崩れていない壁の面を手で触ってみると、音を立てて壁が一直線に崩壊を始め、通路と何もない部屋が繋がってしまった。

「……なん……だと」

ティズの顔が劇画調になる。

「もしかして、メイズイーターの能力って」

「文字通り迷宮を破壊する力……ってこと？」

……………………。

一度、僕とティズは互いの顔を見合わせ。

『ふおおおおおおおおぉ!?』

興奮に同時に奇声を上げる。

思えば今日何度目だろうか？

「迷宮の壁を壊せるって！　これさえあれば階段の場所の座標さえ分かっていれば！　一直線に地下まで降りられるってこと!?」

「これで私の光の魔法があれば、罠に引っかかるなんて二度となくなるし！　迷宮探索者にとっては夢のスキルじゃない！」

「あれ、でもこれで僕達が階段までの一直線のルートを開拓しちゃったら、他の人も使えるようになっちゃうよ……それじゃあんまり意味が……」

「そ、それもそうね……ねぇ、壊れた壁直せないの？」

「そんな、直れって言ったくらいで直るわけ」

音を立てて目前より壁が迫ってくる。

「なおっどわあああ!?」

その速度はすさまじく、僕達は投げ出されるように何もない部屋へと飛び込む。

転んで打った腰を押さえながら立ち上がると、そこにあった崩れた壁は何事もなかったかのように目の前に聳《そび》え立っている。

「あ、危なかった」

ティズは顔面蒼白で呼吸を乱している。

それはそうだ、あと少しでかの有名ないしのなかにいるになるところだった。

「し、しかしちゃんと使えば凄い能力ね。壁を壊すし、直すことも可能だなんて……これはもしかしたら、使い様によっては恐ろしい能力になるかも……色々と検証する必要がありそうね」

にやりと不敵な笑みをティズは浮かべて、僕のほうを見やる。

そういえば、宝箱を開けたときもこんな顔をしていたな。

「ティズ……まっ」

「片っ端から壁を壊していくわよー！」

「誰にも見つからないようにするっていうのはどこにいったのティズウゥ!?」

一応反論はしてみるも、こうなってしまったティズを止められるわけもなく、今日一日はこのスキル、メイズイーターの検証に費やすことになるのであった。

◇

【メイズイーター！】

叫ぶと同時に迷宮の壁が崩れ落ち、小部屋が完成する。

本日十回目の能力行使であり、迷宮は悲しきかなあちらこちらが穴だらけとなっている。

「ふむ……なかなかに興味深いわね」

ティズは瞳を輝かせながらそう言い、考えるような素振りをして小部屋の中を飛んで確認をする。

「ほら見てウイル、どれも綺麗な正方形の小部屋！」

ここは一階の中でも壁が多いとされる場所であり、そこをティズは実験場に選んだ。

この十回で学んだことは、壁は僕の思い通りの範囲で壊れていくのではなく、最初に僕が壊したようにある決まった範囲だけ破壊されるという点。

そして二回目に壁を破壊したようにその決まった範囲をいくつも繋げて、壁が続く限り好きな範囲を僕の望みどおりに破壊ができるという点だ。

そして、今ティズが気が付いたのは、その範囲というのが大体十メートルの正六面体だということだ。

「本当だ、何でこうなるんだろ？　スキルの影響なのかな？」

「う～ん、メイズイーターの能力というよりも、迷宮の構造に関係しているみたいね」

「どういうこと？」

「さっきアンタが能力を使ったとき、壁は真ん中から壊れていったけど、今壊したときは左側が崩れていった。つまりアンタが能力を使った場所から正六面体に壁が破壊されるんじゃなくて、元々迷宮って言うのは正六面体の魔法のキューブを敷き詰めることで作られた建物なのよ！」

興奮気味にティズは語るが、言いたいことはつまりこうだ。

この迷宮は一見レンガ造りに見えるが、これは全て唯の模様であり、その構造は東の砂漠都市に存在する大墳墓、ピラミッドに近く、壁一つ一つ天井に至るまでが十メートルの立方体で構築されている……ということだ。

そして僕のメイズイーターは、その六面体のブロックを自由に破壊することができる。

「何となく大発見ということは伝わったんだけど、その情報、何かの役に立つのかな？」

「当たり前じゃない!?　これを利用すれば、迷宮の正確な地図が作りやすくなるわ！　今までは測量器なんて危険すぎて迷宮に持ち込むことはできなかったから、冒険者達が描いた曖昧な地図しか存在しなかったけれど、構造が同じ大きさの立方体で構築されていると分かれば、マスの数を数えていけば距離も形も完璧に正確な地図だって作ることも簡単よ！　方眼紙でも用意して塗りつぶしていけばいいだけなんだから。売り込めば馬鹿売れよ馬鹿売れ！　それだけでも一生食べていけるわ、面倒くさいからやらないけど」

やらないんかい、という突っ込みは飲み込んで、僕はティズの言葉に納得をする。

確かに今まで存在していた迷宮の地図は、大体が冒険者が描いた手書きのものばかり。

階段までの大まかなルートや簡単な見取り図などが記されているだけで、距離も正確な迷宮の構造も記されていないお粗末なものばかりであり、地図を持っていても迷ってしまう……なんて人間も多々存在していた。

しかし、何もない状態で漠然と迷宮を描くのではなく、壁が一マスずつ区切られているのだとしたら、ティズの言ったとおり方眼紙を用意して壁一つ一つを塗りつぶしていけばいい。

そうするだけで――もっともこれは回転床などの方向感覚を阻害する罠があるということは考慮していないのだが――距離も座標も完璧な地図が完成してしまう。

「ふむ、じゃあ今度はそのまま奥の壁を壊して、ウィル」

ティズはまだ調べたりないのか、僕に迷宮を掘り進むように命令をする。

「はいはい」

まぁ、断る理由もないのでそのまま言われたとおり壁を破壊する……と。

「あだっ！」

壊れた壁から何かごつごつしたものが現れ、僕の頭にぶつかる。

なんだろう？

ふと足元に転がった硬いものを見ると。

「ええっ!?」

そこには鎧や剣、金貨に宝石が散らばっていた。

「な、何だこれ！」

状況的に崩れた壁から出てきたものであろうが……なぜ鎧や金貨が壁の中から？

「こ、これはきっと、いしのなかで死んだ人間の遺品ね」

「遺品!?」

「テレポーターの罠や、転移の魔法に失敗すると、いしのなかに飛ばされるって話、聞いたことあるでしょう？」

「う、うん」

いしのなかにいる……で全滅したパーティーは多い。

世に広まったのは転移に失敗して仲間と片腕を失った戦士の話から……という逸話が存在するが、その噂話の例に漏れず、仲間をテレポーターや転移魔法で失ったという冒険者は多い。

もっとも、下層まで行かなければ出会うことのない罠なのではあるが……。

「いしのなかに入った人間は、そのまま魂ごと消失するって聞いたことがあるわ」

「しょ、消失？」

「そう、腐敗でも捕食でもなく。死亡した仲間を救出しようと向かったら、一人だけ骨も魂も何もかもが消えてしまっている、という現象は多く報告されているの……この中から導き出されるのは迷宮は人の魂ごと死体を食べてしまうということ……きっと壁の中でも同じことが起きているのよ」

「なるほど。でもどうして装備品は？」

「もともと装備品は消失することはないわ。迷宮でも魔物に拾われることはあれど、失われることはない。南の国の、何百年も迷宮に刺さり続けている剣の話もあるくらいだしね。だからきっとここに間違えてワープして消失したどじな人間がいたってことね。ワープが使えるってことはそれなりの冒険者だったんでしょう……もう持ち主は消失してしまっているし、せっかくだから貰っていきましょう？」

「いいのかな？」

「消失してるんじゃどうしようもないじゃない……ここで遠慮するよりも、この装備を受け継いでアンドリューを一日でも早く倒すのが、この人も一番報われるんじゃないかしら」

ティズの言うことは正しい……消失してしまった名前ももうない冒険者……哀れみでそのまま放置されるのと、今までの冒険を引き継ぎ、この迷宮を攻略すること。この人の立場に立ってみてどちらが嬉しいかは火を見るよりも明らかである。

「そうだね、アンドリューを倒したら、ちゃんと埋葬してあげよう」

「ええ……必ずね」

ティズはしんみりとした顔のまま兜と金貨袋を拾い上げ、次の実験へとうつることにする。

「……ん？」

ふと、僕は次の場所に移動しながら思いつく……話を聞く限りワープで死亡する人間の数は決して少なくないと考えられる。

つまり、今みたいに死んでしまった人間はたくさんいて、その人たちのお宝もこの迷宮に眠っている可能性は高い……ということだ。

そして、このメイズイーターの能力を持っているのは恐らく僕一人……つまり。


いしのなかにあるものは全部僕のもの!?


考えただけでも鳥肌が立つ。

「ほらほら！　早く掘りなさい！　どんどんいしのなかを探すわよ！」

ティズもそのことに気が付いたのか、瞳を金貨にしながらあちこちの壁を掘り進めさせる。

勿論そのことに関して僕に異論はない。

「戦力をもってイエスマム！　メイズイーター！」

所構わず壁に穴を開け続ける。

「やっちゃえやっちゃえー！」

当然のように毎回毎回アイテムが出てくるほど甘くはないが。

「で、でた、また出たよティズ！」

大体一階層の入り口付近を壊し続けてみたが、十回に一回は大量の金貨や防具や剣が発掘される。そのどれもが高級そうな装備ばかりであり、ティズと僕は眼を輝かせながら壁を壊しては直していく。

「……ティズ、これはなんだろう？　剣……みたいだけど」

先っぽが何故か回転するようになっている。

ドリル……とは違うようだ。

「そ、それは！　螺旋剣《らせん》・ホイッパーじゃない！」

「螺旋剣？」

「迷宮七階層以降のどこかにいると言われる伝説の鍛冶師、キュプクロスが打つと言われる奇怪剣の一つで、突き刺した先端を回転させることで内側から敵を破壊するという恐ろしい武器よ……誰も内臓や体の中は鍛えようがないからね」

「な、七階層以降!?」

「ええ、今じゃ誰も持っていないような伝説の装備よ……レベル１でも巨人を殺す。この言葉聞いたことないかしら？」

「そういえば、昔父さんに聞いたことがあるようなないような」

「まぁでも、本当に巨人は殺せないでしょうけどね」

「そうだよね。いくらなんでも剣の先端が回るくらいでねえ」

あはは、と御伽噺の誇張表現に苦笑を漏らしながらも、とりあえずすごい剣みたいなので装備をしておく。

それからも、第一階層のマップ作成がてら――結局儲かりそうだからアンタがやりなさいと言うティズの一声により決定――僕は壁を壊して石の中にあるアイテムを探す。

想像以上に転移魔法に失敗したパーティーは多いらしく、掘れば掘るだけアイテムと金貨がボロボロと出てくる。

どこぞのオリハルコンの伝説級の鎧であったり、瞬間移動が使えるようになる冠であったり、全てがアダマンタイトでできている籠手《こて》だったり様々だ。

ミスリルの鎖帷子は上から新たな防具も装備することができるみたいなので、とりあえず拾ったものは装備をする。

呪われているかもしれないと思ったが、拾ったお金さえあれば簡単に呪いなんて解くことができるので大丈夫だとティズは言うので、僕はそれを信じて拾った防具の中でもっとも強そうなものを装備していく。

「風格だけなら迷宮最下層冒険者ね」

「そ、そうかな？」

全身をアダマンタイトとオリハルコンで武装し、手には伝説の剣を持った戦士。

確かにこれだけ見てレベル3と言って信じる人はいないだろう。

それよりもお金も信じられないくらいの量が集まった。

恐らく金貨だけでも二万枚は集まっただろう。昨日十枚奪われて卒倒しかけていたのが嘘のようだ。

もうこれだけで一生遊んで暮らせる。

いけない……なんだか感覚がおかしくなってきた。

「随分集まったねぇ」

「まぁこの辺りの壁全部壊したからねぇ」

ティズの鼻息は荒く、気が付けばまた瞳は金貨になっている。

おおよそ物語のヒロインがしてはいけない表情をしているので、彼女は物語のヒロインにはなれないだろう。

「おっとと」

しかし、これだけの金貨があると、いくらリリムさんからもらった魔法の袋、トーマスの大袋があるといってもそろそろ重量的にも辛《つら》いものがある。

ダンジョンの必須アイテムらしいトーマスの大袋の容量が無限だからといっても、中に入っているものの重量がゼロになるわけではないらしく、軽くはなってくれるがやはりこれだけ金貨を詰め込めばかなりの重量になってしまう。

僕は少しばかりよろけて壁に手をつく。

メイズイーターは解除してあるので壁は当然破壊されることはない。

もうすっかり使いこなしてしまっているな。

「情けないわねえ、と言いたいところだけどこれだけ詰め込めば仕方もないわね。もう随分と稼がせてもらったし、今日のところはこの壁を壊したら終わりにしましょうか……」

入り口付近、大きな柱の様に通路の真ん中に不自然に立っているワンブロック分の壁。

確かに不自然に存在するこの壁の中にはなんとなく何かが入っているような気がする。

実際何か出てきても重量的に限界が近いのだが、僕は好奇心に負けて本日最後のメイズイーターを放つ。

ここから、僕の物語は始まった。

三話　聖騎士サリア

「え？」

「はい？」

　壊れた壁。

　失われた柱……ガラガラと崩れ落ちる壁の中から、天使が現れる。

　白い肌に金色の長い髪……少し長くとがった耳……その女性は何も身にまとっておらず、裸のまま僕に向かって倒れてくる。


　一目ぼれだった。


　特徴としてはエルフの女性……しかし、壁の中から現れる姿は神々しく、神話の一ページに立ち会ってしまったのではないかと思うほど、神秘的。

　僕は反射的にその女性を抱き留める。

　甘い香りが鼻をくすぐり、僕は全身が硬直する。

鎧を身に纏っていたことをこれほど後悔することは、恐らく後にも先にもこれが最後であろう。

なぜかは言わないけど。


なぜかは言わないけど！


「あ……あわわわ！　ご、ごめんなさい！　見てない、何も見てないですよ！」

「何慌ててんのよエロウイル。よく見なさい」

ため息を吐《つ》きながらティズはそんなことを言ってくる。

「え？」

確認をしてみると、少女は目を閉じているが眠っているようではない。

その肌は冷たく、顔は青ざめており、呼吸も脈もない。

その天使のような少女は紛れもなく――悲しいほど綺麗なまま――死んでいた。

「う、うわああ！」

驚きのあまり、少女の死体を落としてしまいそうになったが、それはすんでのところで耐える。

「外れみたいね、死体だけ」

ティズは残念そうに呟き、がれきの中を飛び回る。

「ちょっ、ティズ！　反応それだけ？」

「迷宮で女の死体が出てきて喜ぶのはアンタぐらいでしょう？　エロウイル」

「よ、喜んでないけど！」

「どうかしら。まぁ、消失していないってことは最近死んだばっかりなのか……それとも強靱《きょうじん》すぎる魂の持ち主なのか……どちらでもいいけれど、ゾンビになるのも確かにかわいそうだし、しっかりと埋葬くらいはしてあげましょう？」

「え！　埋葬って……寺院に行けば助かるよ？」

「はぁ？　助けるってその女を？　助けてどうするのよ？」

「え……だって目の前で倒れている人がいて、放っておくなんてできないよ」

「あのねウイル！　仲間だったら確かに助けるかもしれないけれど、この女は仲間でもなんでもないのよ？　しかも石の中にいるってことはアンタよりもレベルがはるかに高い冒険者……助けたところで見下されるに決まってるじゃない！　下手したら昨日みたく装備全部奪われる可能性だってあるのよ？」

「で、でも、やっぱり助けられるものなら助けたいよ」

「っ～～～～！」

ティズは渋い顔をしながら口をパクパクさせるも、何も思いつかなかったのか、言葉の代わりに大きなため息を漏らす。

「あ～もう好きにすればいいわよ、エロウイル……。アンタのその甘さに頼っている私には何も言う権利はないわ……その代わり泣いたって知らないからね？」

やれやれとティズはまたため息を漏らし、すねるように僕の肩の上に留まる。

「ありがとうティズ」

「ふんだ」

ふくれっ面《つら》のままティズはそっぽを向くが、僕はそれを気にせずに少女に拾ったローブを着せて、その死体を背負う。

早く助けてあげないと。

重量はとっくに僕の限界を超えてしまっていたが、そんなことは関係ない。

女の子を助けるのに理由はいらないし、自らの非力で女の子が助けられないなんて事態は許されないのだ。

「メイズイーターの能力を使えば、東に一直線に進めば出口よ」

ティズは不機嫌そうにしながらも、しっかりと僕を出口までナビゲートしてくれる。

なんだかんだ言いながらも助けてくれるティズの面倒見の良さには本当に頭が上がらない。

そう思いながら僕は壁を壊して出口を目指す。


と。

「ぐるあ?」

「がぁ?」

三度目の壁を壊したところで、コボルトが僕の前に現れる。

「あ、まずい」

驚くほど間の抜けた声をこぼす。

正確には、冒険者達を待ち伏せしていたコボルトの目の前に、僕がメイズイーターの力を使用して躍り出てしまった形になるのだが。

そんなことはどうでもいい。

「幸運十九はどこに行ったのよアンタ！」

「そんなことを言われても」

重要なことは、今現在死体を背負って重量オーバーな僕が、コボルト二体と戦えるかどうかが問題なのである。

「ぐるうあああ」

いかに最下層付近の上級装備だからといって、レベル3冒険者には変わりないのだ。

相手が人間であればはったりが効いたのだろうが、どうやらコボルト達は臭いで僕を駆け出し冒険者だと見抜いたようで、剣と牙を剝いて僕へと同時に攻撃を仕掛ける。

「ウイル！」

「うん……仕方ない……ねっ！」

ティズの声に反応し、僕は腰に差してあった螺旋《らせん》剣ホイッパーを引き抜き迎撃する……が、やはり重量オーバーで鈍重な動きの僕の攻撃は当たらない。

「ちょっ！　どこ狙ってるのよ！」

コボルトは横に薙《な》いだ一閃を回避し、僕の肩に刃《やいば》を袈裟《けさ》に振り下ろす……。

「やばっ!!」

ダメージを覚悟し、痛みに備えて僕は体を硬直させる。

が。

「ぐる?」

「ぐが?」

高い金属を叩く音に少し遅れて、何かが地面に刺さる音がする。

それも二つ同時に。

一瞬僕は斬られたことによる幻聴かとも思ったが、足元に刺さったコボルトの刃が、僕に何が起こったかを教えてくれる。

「折れちゃった」

どうやら、鎧が硬すぎてコボルトの剣が折れてしまったらしい。

凄いな、下層の装備は……。

そんな感想を抱きながらも、僕は呆《ほう》けたコボルト二体に螺旋剣ホイッパーを振るう。

軽く振ったつもりだった。

威力が高い武器なので、軽く切っただけでも退散くらいはさせられるだろう……そんな甘い考えで敵に攻撃を仕掛けたのだが。

「へ?」

不意に回転するホイッパー。その回転はすさまじく、火花を散らしながらコボルトへと迫り。

『ぐるうううあああああ！』

悲鳴と共にホイッパーに魔物二体は吸い込まれていき、やがて魂さえも消失していく。

「ぎゃあああああああああああああああああ！」

使用した僕も悲鳴を上げた。

「て、敵の肉が引き裂かれて臓物と骨が粉みじんにかき混ぜられて血がぶしゃーって……」

「実況しないでティズ！　グロい、グロいよこれ！？？」

回転が収まったホイッパーをすぐさましまう。

「確かに、巨人死ぬわこれ」

「もう、使いたくない」

素直な感想はそれしか出ない。恐ろしいのは回転と破壊により、ホイッパー自身に肉片や返り血さえも一切付着していないということだ。

どんな超速回転だ。

「ほらほら、なよなよしてないでさっさと目的地まで行ってこの女を生き返らすわよ……そうでもしないと今の光景を何度も見ることになるわ」

「う……うん」

螺旋剣ホイッパーの強さにトラウマを植えつけられた僕は、そのまま出会う敵全てを塵芥《ちりあくた》に変えながら、街へと戻っていった。

◇

王都・冒険者の道。


ざわりざわりと街がざわめく中を、僕は早足で通り抜けていく。

「今日は何かあったのかなティズ……やけに街の皆が騒がしい気がするけど」

「馬鹿ウイル、アンタが原因に決まっているじゃない」

「へ？」

「アンタは今、装備だけならマスタークラスの冒険者なのよ？　それが女抱えて迷宮から出てきたら、そりゃざわめきもするわよ」

「そうなの？」

「そうよ、まぁ悪い意味でのざわめきではないから気にする必要はないけどね」

「なんか騙しているような気がして申し訳がない気もするけど」

「気にしないの。装備なんて誰だってできるんだから、勝手に勘違いするほうが悪いのよ。自分で触れ回っているわけでもないんだし」

「まぁそれはそうなんだけど」

確かにティズの言うことももっともなんだけど、今までレベル1冒険者であり、見向きもされなかった頃から考えると少しばかり……いやかなり恥ずかしい。

自分でも分かるほど顔を赤くして、僕は少し小走りに走り出し、目的である～クレイドル寺院～へと向かうのであった。

◇

寺院まで続く大通りを歩くこと数十分、街行く人々の視線とざわめきは消えることはなく、僕が寺院に到着する頃には、茹《ゆ》で蛸《だこ》のように鎧から湯気が立ち上っていた。

原因は気恥ずかしさから重量オーバーにもかかわらず走ってしまったことだ。

「とり……あえず……無事に着いたね」

切れた息を整え、僕は寺院を見上げると、そこには巨大な門に、城と間違うほどの高い高いとんがり屋根。

その頂《いただき》には神を敬愛する十字架が設置され、壁は全て最高級の魔石により造られ、うっすらと白い光を放つ。

真夜中でもその光は神々しく光り輝いており、まるで神の偉大さをひけらかしているようだ。

豪華な庭園には神の使徒の石像が立ち並び、入り口の門には偉大なる大神が魔鉱石の扉に彫り込まれている。

信者の寄付金で全てをまかなっているとは到底思えないほど豪華な寺院だ。

信奉する神は大神・クレイドル。全てを包み込み育み、生と死をつかさどる神とされている。人の生死を左右させる魔法を使う寺院にはもってこいだろう。

「相変わらず、欲の深さを隠す気のない建物ね」

ティズはそう皮肉を漏らし、僕はそれに構わず門戸を叩く。

重厚な音がし、扉はあっさりと僕達を許容する。

一応、誰にでも門戸は開かれる……というのは本当のようだ。

中に入ると、笑顔の神父が現れた。

「ようこそ迷える子羊よ。私の名前はシンプソン……神父をやらせていただいております。して、本日は如何《いかが》なされました？」

にこやかに問いかけてくるが、シンプソンは僕の背中にいる少女にすっかり眼が向いている。

金の臭いをかぎつけているのだ。

「蘇生をお願いします」

「神の力をお望みですね……かしこまりました、こちらへどうぞ」

平静を装っているが、喜んでいるのが丸分かりだ。

神父に連れてこられたのは広い儀式用の空間であり、あちらこちらに張り巡らされた神秘の魔法陣の中心に、寝台が設置されている。

「こちらに」

神父はそう短く言い、少女を寝かせるようにと促してきたので、僕はそれに従う。

「ふぅむ」

少女を品定めするように、神父シンプソンはまじまじと少女の死体を観察し、やがて満面の笑みで。

「金貨十万枚の寄付が必要ですね」

アホみたいなことを言い放った。

「……………っはああああああ!?　じゅじゅじゅじゅ……金貨十万枚って、はあああああ？」

ティズが混乱している。

「なな、何でそんな!?　ええええ??」

僕もだった。

「この方の職業は聖騎士……ご存じの通り戦士の上級職で、ステータスを確認したところ彼女のレベルはマスタークラスの13……外見的特徴から現在最高の冒険者と呼ばれる、聖剣の担い手サリア様とお見受けいたします。また恐らく特殊な魔法で殺害されたのでしょう。魂が著しく不安定であり、人間の形を保っているのが不思議なほど不安定な状態なのです。我々としましてもこの蘇生は大魔法になると思われ、値段もそれに釣り合うように」

「何が大魔法よこの**自主規制**神父!?　かける魔法は結局同じなくせにあたかも深刻な状況みたいに言ってるのよ！」

「なんと言われようと構いませんが、けちな背教者の方にはご退出願っております」

「上等よ！　この自主規制が自主規制で禁則事項野郎！　こんなとこもごもが」

「ティズ！」

　おおよそ女性が口にしてはいけないような罵詈《ばり》雑言を投げかけ、物語の主要キャラクターとしての存在の危機を感じた僕は、慌ててティズの口を閉じる。

「ええと、手持ちが今金貨二万枚しかないんですが、ちょっと待ってもらっても構いませんか？」

「っぷは!?　ウイル！　まさか馬鹿正直に払おうってんじゃないでしょうね！」

「仕方ないよ、僕達には蘇生魔法は使えないんだし」

「こちらの寺院には鑑定士の人間がそろっております。もし金貨に手持ちがなければ冒険により持ち帰ったものをこちらですぐに換金することもできます。しかしご注意を。我がクレイドル寺院では遺体の持ち帰りは禁じられており、蘇生をその場で行わなかった遺体は即刻灰にし、埋葬するのが決まりとなっております」

　要は他の商店で装備の売却はさせないし、装備品もこちらの言い値で買い取りますということだ。明らかに僕の鎧や螺旋剣を見つめている……というかもはやお金への執着を隠す気がないなこの寺院。

「そうですか……じゃあそうしてください」

　かしこまりました、と神父シンプソンは笑顔で言い放ち、僕達は鑑定士の所へと向かう。

　その後は単純で、僕達の装備品――リリムさんから貰った装備は除く――と迷宮で拾ったもの全てを売り払うことで、金貨八万と二十枚を手に入れることになった。

もう二度とこの鑑定士には頼らない……僕とティズはそう心に決めたのであった。

◇

祭壇の前にシンプソンは立ち、同時に魔法陣を起動させる。

光り輝く魔法陣はその部屋全体にヴェールをかけ、まるでカーテンのように光がゆらゆら揺らめきながら、少女を包み込むようにして、折り重なっていき……。

蘇生が開始する。

【我がささやきは祈りとなりて、折り重なり詠唱となる】

詠唱が始まり、少女の体を包んだヴェールがゆっくりゆっくりとその体に染み込むように入り込んでいく。

【そなたは天にて享楽に染まるのか、そなたは地にて狂乱にまみれるか】

少女の手に新たな脈動が走り始め、体に負っていた軽傷が見る見る回復をしていく。

青ざめた顔はやがて生気を取り戻し、胸部が上下し始める。

【この祈り届けばそれに応えん、享楽・狂乱を忘れ、今またこの地にて栄光を刻むことを望みたまえ……忘却の彼方へ去った望みを思い出し、生への渇望を見出したまえ……】

ヴェールが全て少女の体へと侵入し終わると、魔法陣は更に輝きを強め。

【この願い届くなら、己の望みを……念じよ！】

少女は目を覚ます。

「ふぅ、成功でございます。では、お話もあるでしょう……私はこれで」
そう言うと神父は満面の笑みでその場を後にする。
ティズは閉まった扉に向かってまたもや**自主規制**をしていたが、もはや止めるまい。
「……」
「具合は大丈夫ですか？」
「ウイル、無理よ……。さっきまで死んでたのよ？　しばらくは体もまともに動かせないし、しゃべることだって……」

「いや、大丈夫だ……」

「え？」

　眼を覚ました少女は、初めきょろきょろと目だけを動かして状況を確認していたが、状況の整理が付いたのか、その場で体を起こす。

　長い耳に、金色の長い髪。

　開かれたヒスイ色の瞳は吸い込まれてしまいそうであり、その全身から発せられる神々しさは、生を取り戻したことで、よりいっそう輝きを放つ。

　正直この世の女性の誰よりも美しいと感じてしまい……見ているだけで頬が熱くなる。

　本当に鎧を着ていたのが悔やまれる……なぜとは言わないけれど。

「どんだけ魂が強いのよアンタ……普通なら体が魂になじむまで廃人同然の状態になるのに」

「一応、蘇生後の状態はステータスによって変わってくる。運以外全てが上限の私は、軽いめまいと体調不良だけで済んでいるようだ……とまあ、そんなことは置いておいて、君たちが私を助けてくれた……でいいんだろうか？」

「随分と飲み込みも早いのね」

「そんなことはない……今は自分が敗北したという現実と、生き返ったという奇跡に少し錯乱している」

「全然そうは見えないんですけど……」

　少なくともさっき金貨十万枚を提示された僕達なんかよりは。

「そうだろうか？」

「まぁ、何はともあれ無事に蘇生が成功して良かったわね」

「まったくその通りだ。助けてくれてありがとう。この恩は一生忘れない」

「そんな、別に当然のことをしただけですよ」

ちらりと少女は僕達を見つめたあと、自分の姿を見る。

「なるほど、君はどうやら駆け出し冒険者……といったところかな？」

「あ、はい。まだレベル３の、ウイルっていいます……それでこっちが」

「ティズよ」

少女はもう一度自分の体や周りを見回し、どこか合点が行ったというような表情をし。

「なるほど」

と、言葉を漏らす。

「どうかしました？」

「どうやら、私を助けるために、私の装備を全て売ったのだな……自らで使えば多大な力を得られただろうに。冒険者としては……いや、ここは君の尊い正しき判断に敬意を表さなければならないな。本当にありがとう。魔術師の魔術で慰みものにでもされていたらと思うと身が震える……助けてくれたのが君で本当によかった」

「むっ……アンタがいしのふがもが」

「ティズ、ストップ！」

「？」

ティズが少女の少しの勘違いに文句を言おうとするのを僕はまた口を押さえて止める。

神父の件で完全に沸点が下がっている。

（なにするのよウイル！　こちとらほぼ全財産売り払ってこの女助けたのよ？）

（どっちにしろ信じてもらえないし、僕達がそんな高級な装備を持っている理由なんて問い詰められたら、メイズイーターのことが他の冒険者に知られちゃうよ！）

（……それはそうだけど……なんか納得いかないわ！）

（我慢してティズ）

ヒソヒソ声でそうティズをなだめると、ティズは力なくうなだれて納得してくれる。

「あー、お取り込み中のところ悪いのだが、名乗らせてくれ。私の名前はサリア。マスタークラスの聖騎士サリアだ」

「よろしくねサリア。しかしなんでアンタほどの冒険者が迷宮一階層なんかで行き倒れてたのかしら？」

「あぁ、それは恐らくアンドリューの魔法のせいだろう」

「あ、アンドリュー？」

えらい名前が出てきたな。

「そうだ、私はアンドリューと一騎打ちをし、後一歩のところまで奴を追い詰めたのだが、最後の最後に奴の魔法により敗北してしまった……恐らくその影響で一階層まで飛ばされてしまったのだろうが、どんな魔法だったかまでは推測できない……私の装備の魔法防御をかいくぐって私を殺害したのだから、恐らく相当高度な魔法なのだろう」

（多分テレポートね。いしのなかに飛ばされたのよ）

ぼそりとティズは呟く。

なるほど、そう考えれば納得がいく。

テレポートの魔法は攻撃魔法でも防御魔法でもないため、魔法防御は働かない。

しかしいしのなかに飛ばされた人間は僕のようなイレギュラーな存在がいなければ助けることは不可能であるため、サリアさんもどうやって殺されたのかが皆目、見当が付かないのだろう。

「そうだったんですか……随分と凄い冒険者なんですね？」

「そんなことはない。私も未熟なときはあった。しかし、日々精進をしていればいずれは強大な敵を打ち砕くことができるようになる」

段々と瞳に力が戻っていき、サリアさんの声にも張りが出てくる。

か弱く可憐な少女……なんてイメージはすでに彼方《かなた》へと消えうせ、目の前には凛々しく猛々しい聖騎士が座っている。

「ふぅん。まぁ、アンタがどれだけ強いかはどうでもいいんだけど、仲間はどうなったの？」

「死んだ……アンドリューの核撃魔法で私以外はすぐに全滅したよ……消滅してしまったが、墓ぐらいは作ってやらないとな」

「随分と冷静ね」

「まぁ、酒場で出会って組んだパーティーだったからな。まだ一緒に冒険をして一月《ひとつき》もたっていなかった……後二月《ふたつき》一緒にいれば、涙の一つも落ちたのだろうが……薄情者かな？」

「い、いえ！　そんなことないですよ」

「そうか……ありがとう。まぁしかし、これでアンドリューが遠のいてしまった。装備もなければ武器もなく、お金も全て失ってしまったからな。一からやり直しというわけだ……そして助けてくれた君への礼も当然何もないからできない……ふむ」

　割と絶望的な状況なのに、サリアさんは冷静に状況を分析し、笑みを零した。

「いいですよそんな、お礼だなんて！　そんなつもりでしたわけじゃないですし」

「そう言われても、このままでは私の気も収まらない……というわけで提案なのだが、君への礼は、私の体で払うというのはどうだろうか？」

「えっ!?　でもそんな！　僕とサリアさんはまだ出会ったばかりというか！　そういうことをお礼とかそういう感覚でやっちゃいけないというか、いやまぁすごい嬉しいんですけど」

　しらけた眼でティズが僕を見ている。

「冒険者などそういうものさ」

「そういうものなの!?　え……じゃあその……えと、お願いします」

　いいのかな？　本当に!?　いきなり対象年齢が跳ね上がっちゃいそうだけどいいのかな？　いいよねティズ！　冒険者だもん。

冒険者最高！

「そうか！　では今日から君が冒険者として独り立ちできるようになるまで私がサポートしよう！　よろしくな、ウイル、ティズ！」

「あ、体ってそういう」

ティズが冷めた眼で僕を見ていた。

きっと何を考えていたのかをお見通しだったのだろう。

死にたい。

◇

「では、早速今日から……と言いたいところだが、私も生き返ったばかりで体が思うように動かない……指南は明日からで構わないだろうか？」

「え、ええ」

「では、明日正午に迷宮の入り口で待ち合わせでいいかな？」

「あ、はい！　よろしくお願いします！」

しかし、生き返らせただけだというのに、礼がはるかに好待遇だ。

マスタークラスの、しかも上級職のエルフの美少女——ここ大事——に冒険者としての指南をしてもらえるなんて……。

　ティズはまだつまらなそうな表情をしているが、まあいいだろう。

「ではそろそろ出ようか、この寺院にいてまた何かむしりとられても困るからな……と、その前にこの格好じゃ外に出られないか」

　そう言うとサリアさんは裸にローブを羽織ったままという状態のまま更衣室へと向かい、神父がサービスとして用意してくれた洋服に着替え始める。

「覗いちゃダメよ」

「覗かないよ！」

　ティズは下衆《げす》を見るような眼で僕をまだ見続けている。

　死にたい。

「待たせたな」

『おぉ』

　出てきた少女は聖騎士らしい美しい白と青を基調としたドレスに身を包んでいた。

　神父の趣味だろうか、クレイドル神のシンボルがあしらわれたそのドレスは少女にすごく良く似合い、これだけでもう金貨十万枚を払っても良かったと思ってしまう。

　その美しさに僕だけでなく一応女性であるティズでさえも息を呑《の》むほどだ。

「うむ、高い金を取るだけあって良いものを用意するな……これなら人前に出ても恥ずかしくはないだろう……では行こうか」

少女はそう言うと、僕を連れて寺院を出る。

「外はもう夜なのか」

「うわっ……本当いつの間に」

外はすっかりと暗くなっており、思っていたよりも長い時間サリアさんの救出に時間を使ってしまっていたことに気が付く。

「それじゃあ、ここで別れようか」

「いいんですかサリアさん？　今日の宿代くらいは出しますよ？」

「いや、そこまで世話になるわけにはいかない。家もまだ残っているかもしれないからな」

「そうですか」

その瞳は遠慮している……というよりも本当に自分で何とかしちゃうんだろうなと思えてしまうほど自信と余裕に満ち溢れていた。

これがマスタークラスの冒険者か……全てを失って尚ここまで泰然自若としていられるとは……。

金貨十枚で落ち込んでいた自分が情けない。

「では」

そんな僕の考えなど知る由もなく、サリアさんは微笑《ほほえ》んだまま手を振り寺院を後にする。

「すごい人だったね。なんというか本当にマスタークラスって感じで、冷静でたくましくて……憧れちゃうな」

「なにが『憧れちゃう』よ！　アンタのこと完全に見下して……私の装備を売ったのかですって？

素っ裸で死んでたくせに、何を売るっていうのよ!?」

「しょうがないだろティズ、嘘をついているようには見えないし、第一僕達が金貨十万枚を持っているっていうほうがうそ臭いよ……感謝してくれているし、僕達を育ててくれるって約束してくれたんだし、それでいいじゃないか」

「良くないわよ！　ウイルがすごいから助けられたのに、ウイルがすごいからお金もたくさん手に入ったのに……全部奪われて、それでいて見下されて……悔しいのよ」

「ありがとうティズ……君がしっかりと知っていてくれるだけで十分だよ。それに、金貨は結局昨日と比べたら二十枚も増えてるんだし、装備もホークウインドにミスリルの鎖帷子っていう凄くいい物を揃えられたんだから、それで良しとしようよ」

「……むううううぅぅぅ。アンタがそう言うならいいんだけど」

ティズはそう言うと力なく僕の肩に止まり、大きなため息を漏らす。

「お金はまた明日貯めればいいじゃないか。正午から集合ということは、朝早くにメイズイーターの力で宝探しをすればいいんでしょ？」

「はぁ……それもそうね……一日であれなんだから、これから幾らでもお金は手に入るわよね」

夜はまだ冷える所為《せい》か、ティズはすぐに冷静さを取り戻す。

夜の風の中、僕達はとりあえずエンキドゥの酒場を目指す。煌々《こうこう》と胡散臭い光を放つ寺院を背に、オレンジ色の魔鉱石の光が宿る冒険者の道へ。

明日に備え、今日は飲まないでおこう……そんなことを考えながら、もう鼻歌交じりにさくらんぼの歌を歌っている相棒に苦笑を漏らす。

三歩進んで二歩下がるようなそんな一日であったが、とりあえず確実に一歩前進できたことを今日は素直に喜びたい。

◇

そんで次の日。

特に何事もなく僕とティズは次の日を迎える。

まだ日の昇らない城下町は静寂に包まれており、布団から出ると隙間風が僕の体を震わせる。

春が着たとは言え、まだ早朝は冷えるようだ。

相棒の様子を覗いてみると、ティズは机の上においてある特製ベッド――バスケットの中に小さな布団をつめたもの――の中ですやすやと寝息を立てている。

「よく寝てる」

元気そうな相棒の姿に少し笑みを零し、僕は起こさないように寝室を出る。

迷宮に潜るための準備を整えた後に、ティズと僕の朝食を作る。

今日の朝食は昨日酒場の店主から貰った形の悪いわけありベーコンと、コカトリスの卵を使ったハムエッグ。

そして昼食はスクランブルエッグとベーコン、そしてトマトとレタスをパンに挟んで軽く焼いたホットサンドを作ろう。

今日からはサリアさんもパーティーに参加するわけだから、少し多めに作らないと。

きこりの頃から欠かさず続けてきた朝のルーチンワーク。

思えば父が死んでから、これは一度も欠かしたことがない。

食は体の資本であり、体は仕事の資本である。

きこりであり、元冒険者であった父の言葉を思い出し、僕は懐かしい父の姿をふと思い出す。


父さんの死は突然であった。


森に突如として現れた謎の死霊騎士達。

それに連れ去られた子どもを連れ戻すと言って父さんは行方不明となった。

残されたものは父の愛用していた斧と、大量の血痕のみ……昔は冒険者だったこともあると聞いたことがあるが、どれくらい強かったのか、どんな職業でどんな冒険をしたのかは、一度も聞いたことがない。

もしももう一度会えたのならば……父の冒険譚《たん》を聞いてみたい。

蜂蜜酒を飲みながら。冒険者になった今ならきっといい夜になるだろう。

「うーいーるー。ごーはーんー」

そんなことを考えていると、時間がたつのは早いもので、気が付けば外には太陽の光が差し込み始め、パンとベーコンの香りに釣られて我が家のねぼすけ妖精がフラフラと寝室から這い出て飛んでくる。

「はいはい、もうすぐできるから座って待ってて……あ、ちゃんと顔洗ってからね？」

「うーい」

ティズはそう生返事を返すと、またもやフラフラと洗面台へと飛んでいく。

洗面台には水がめが設置しており、その水を汲んで顔を洗うわけだが。

「あー、うい――る。お水切れてるー」

そういえば昨日切れているのをそのままにしていた。

「はいはいー！　今汲んでくるから待っててー」

食器に朝食を盛り付け僕はエプロンを外し、外にある井戸で水を汲むために家の扉を開ける。

と。

「へ？」

目の前に、家の前で正座をしている聖騎士がいた……。

何かの間違いかと思ったが、その姿はどうにも見たことがある。

「サリア……さん？」

「おはようございます……」

どこからどう見てもこの麗《うるわ》しい金色の髪に美しいとがった耳はサリアさんだ。

それはいい。問題はどうしてサリアさんがこんな朝早くからここにいて、そして何故正座をしているのかだ。

「え、えと……とりあえず何をしているんですか？　サリアさん」

とりあえず混乱を収めるためには状況分析が必要だ。

必要な情報を収集し、相手方からしっかりとした聴取をすることで、混乱や誤解は解消さる。うむ、人との接し方の基本であり、情報分析の基本だ。こうやって話を聞けばきっと混乱も……。

「私に仕えさせてください！　マスター！」

余計に混乱した。

◇

「……随分と長く放置をされていたみたいだな……私は」

そう呟いて、私はあたりを見回す。

恩人、ウイルとティズと別れた後、私はその足で迷宮へと向かい、数匹のゾンビとアンデッドウオーリアーを適当な数、素手で倒して資金を稼いだ。

最高級の装備……とまではいかないが、少なくとも剣と盾を買えるようにしなければ、一階層よりも下までは潜ることはできないからだ。

私一人であればこぶしでも恐らくは六階層まではなんとかなるのだろうが、盾がなければウイルとティズを守りながら迷宮を探索するのは難しいだろう。

一応装備のあてはあるのだが、二年も前の話のため、なかったときに明日の約束に間に合わなくなる恐れもあるし、どちらにせよ当面の生活費も稼がなくてはならない。

そう判断したため、私はまず資金を稼ぐことにして、すぐに終わらせて冒険者の道へと戻る。

ドロップしたアンデッドの魂玉を袋に入れて手に持ったまま、私はいつもどおりクリハバタイ商店へと向かう。

街の様子はすっかりと変わってしまっており、私を見ても声をかけてくる人間がいない。

少し寂しい気もしたが、冒険者の道は変わることなく存在し、エンキドゥの酒場も少し店が大きくなっているような気がしたがしっかりと存在している。

周りを観察してみると毎年恒例のロバート王生誕祭の開催を告げるポスターがレンガ造りの店や家の壁に貼られており、王の生誕を祝うためにやってくるのだろう、曲芸団の絵がポスターの中に描かれている。

王の生誕祭も、今年で五十回目になるようだ。

「ふむ、確か私が見たのは四十八回目だったから、時間にしておおよそ二年……といったところか」


よくもまぁ今までゾンビ化も、消失もせずにいられたもんだ。

暗闇の道にでも飛ばされていたのだろうか……。

自分の魂の強さと奇跡に感心しつつ、変わった街を見やる。

活気に満ち溢れ、行き交う人の量も種族も倍近くに膨れ上がっている。

街を襲うと恐れられていた迷宮が、今ではすっかり客寄せのテーマパークとなりつつあるようだ。

二年という歳月による変化はめまぐるしく、私は情報不足にならないように聞き耳を立てる。

夜の冒険者は情報を良く落とす。

特に酔っていればなおさらだ……。

強力な迷宮の魔物の話や、商店が今高く買い取っている素材や、女の話……。

夜の街で情報を集めていると、その中でも特に冒険者の間で語られている話があり、私は足を止めてとある冒険者の話を聞く。

それは、伝説の騎士と呼ばれる人間の話であった。


「見たかお前」

「あぁ、あれだけの凱旋だ……見てねえ冒険者は少ねえよ」

「俺も見た……地下九階層最強の防具、魔王の鎧に、伝説の剣、螺旋剣ホイッパーを持った冒険者……」

「背中に女を背負っていたよな」

「あぁ、寺院に寄ったときに僧侶から聞いたんだけどよ……あの女、伝説の聖騎士サリアだって話じゃねえか」

「まじか!?　二年前に行方不明になったたっていう最強の聖騎士？」

「あぁ、恐らくアンドリューの手下か巨人族に囚《とら》われてたんだろう……二年間も迷宮で消失しないわけがない」

「なるほど、そうだとすればあの大量の返り血も納得がいく」

「死闘だったんだろう……剣も鎧も血だらけだった……何人斬ったんだろうな」

「女一人助けるためってことは……よっぽど大切な女だったんだな」

「二年かけての救出劇か……寺院の奴ら、相当足下見たんじゃねえか？」

「それがよ、僧侶達の話じゃ持ち物全部迷わずすぐに売り払ったそうだ」

「マジか！　伝説の鎧に、螺旋剣だぞ!?　それを手放すって、そんなに大切な女だったたってことか？」

「全てを投げ出してまで助けたい女を……二年かけて！」

「男だ！　そいつ男だよ……伝説の騎士様だ!?」

「泣ける、マジ泣けるって！」

伝説の騎士の話を聞いて、私は手に持っていた魂玉を取り落とす。

馬鹿か私は！


自分を罵倒する。

自分への自己嫌悪により何かが落ちて割れるような音が私の中に響き渡る。

噂話に尾ひれが付くのは分かるが、どんな馬鹿でもこの話の騎士がウイルだということは分かる。

何が私の装備を売ったのか……だ。

何が、自ら使用していれば多大な力を得られただろうに……だ!!

愚かなのも大概にしろ！

今手元に剣があれば、喉笛を掻き切って死んでしまいたい。

彼は……それだけの力を手にしながら、どこの誰とも知らない私を助けたのだ。

全てを捨てて、手に入れたその力を全て投げ捨てて……栄光への近道も、人々からの伝説の騎士としての賞賛も手放して、迷うことなく、見返りを求めることもなく……当然のことをしただけと笑ったのだ。


そんなあの方を……私は見下した。

駆け出し冒険者にそんな金が稼げるわけがないと、高慢にも私はそんな偉大な人を見下したのだ。

自分なら一人でも勝利できると慢心したことによってアンドリューに敗北したにもかかわらず……。

何が聖騎士だ、何が円卓の騎士《ナイトオブラウンドテーブル》だ！

気付けば私は驕《おご》り高ぶり、何も見えていない愚者に成り下がっているではないか……。

誰よりも、見下されることの苦しさを知っていたはずなのに……。

涙がこぼれる。

落ちた私の高慢さと、それに気付かせてくれた偉大な方の存在に。


神を信じたことはない。

聖騎士でありながら、私は神秘を信じていない。

だが、今ここに心より崇拝し、尊敬できる人に出会えた。

そうなれば、もはや私に残された選択はただ一つであり、その一つは何よりも最適で、至高であることは言うまでもない。

◇

「それで、一晩中私達の家の前で正座してたってわけね」

「はい！」

「あきれた」

ティズはため息をついてベーコンにかじりつく。

あの後、とりあえず僕はサリアさんを家に上げて、事の顛末《てんまつ》を説明してもらった。

結局サリアさんは街の人たちから僕が自分のお金を使ってサリアさんを助けたことを知ってしまったらしく、僕を見下したこと並びにその他の言動を許して欲しいと謝罪に来たとのことである。

「己の高慢さを身をもって知らされました……お許しを」

「いや、別にしょうがないですよ、僕だってあの状況だったらそう判断しちゃいますし、気にしないでください」

というか一晩中正座をして土下座をするほどのことではない。

高慢と言ったって彼女は元々感謝をしてくれていたし、僕の冒険をサポートしてくれるなんていう破格の謝礼を支払ってくれると言っていたのだ、こっちのほうが土下座をして感謝の言葉を述べるべきだろう。

「ウイルもこう言ってるし、アンタも別にそこまで気に病む必要はないわよ。探索は午後からだし、体を休めたら？　あんな体勢で一晩、しかも生き返ってすぐなんて下手したら死ぬわよ？」

ティズはもうどうでもいいといった感じで、物欲しそうな表情で僕を見つめてくる。

この顔はデザートの催促だ。

とりあえず笑顔だけを送っておく。

「待ってくださいウイル！　ティズ！　話はこれだけではないのです！」

「え？」

「まだ何かあるの？」

話は半ば終わりと思っていた僕達は、サリアさんの言葉で意識を朝食からサリアさんへと戻す。

サリアさんは神妙な面持ちで一つ間を置き、僕達が見つめる中、深呼吸を一つしたあと。

「はい。すなおに言います……私を貴方の従者にしてください」

そう言った。

そういえば混乱して忘れかけていたが、最初にサリアはこう言っていた。

「……」

『は？』

ティズと言葉がかぶる。

一瞬何を言っているのかが良く分からなかった。

「それはどういう意味かしら？」

「はい、恥ずかしながら私は今まで、聖騎士でありながら、主君を持たずに迷宮を探索していました……」

「嘘でしょ……騎士職は確か、誰かに仕えることでステータスにボーナスを得られる職業じゃない……それなしでマスタークラスになったってこと？」

「はい」

「化け物じゃない」

ティズは驚愕しながらため息を漏らすという器用なことをしでかしているから、きっとサリアさんの言っていることは紛れもない偉業の一つなのだろう。

本当になんで僕はこんな人に主人になってくださいなんて言われているのだろう。

「ええ、だからでしょう、今まで私はこの世に私が仕えるに足る君主はいない……ましてやマスタークラスになってからは、主《あるじ》と呼べる人物など現れないと、そう思っていました。しかし昨日……私はウイルに出会い、ウイルの偉大さ、そして大きさ……何よりもその生き方の美しさや高慢な私を更正させ、導いてくれた気高さを知り、そんな貴方に私は救われたのです！　命だけではなく、この心でさえも……だから、今度は私が貴方を守りたい。貴方のために戦い、貴方と共にいたいのです……そして、主として、その高潔さで私を導いて欲しい！　無礼を働いた後に不躾《ぶしつけ》な願いなのは分かっています。ですが、貴方しかいないのです……お願いします、貴方に仕えさせてください！」

「あ、えと」

プロポーズかな？

家の番地を間違えていないだろうか……と言いそうになってしまう。

だって今の発言のどこにウイル少年の話が出てきたのだろうか？

百歩譲って僕のことだとしても、追いはぎに絡まれて泣き寝入りをするような冒険者達は、僕の感覚からすると、到底美しいとは言えない。

きっと彼女は僕と誰かを勘違いしているのだろう。

そう納得しかけたが。

「ふ、ふふ！　アンタ分かってるじゃない！」

困ったことにいつもどおりティズが調子に乗った。

「そーなのよ、ウイルは凄いんだから！　いつかアンドリューを倒すのは絶対ウイルなんだから！　アンタの判断は大正解よ花丸よ！　見る眼があるとしか言いようがないわ」

ティズ、もうやめて。

「では……」

「待って、ただし条件があるわ」

「条件？」

「そう、これだけは約束しなさい！　迷いや可能性が一ミクロンでもあるようならばアンタを仕えさせるわけにはいかない」

「約束？　それは一体なんでしょうか？」

「ウイルを裏切らないこと」

ティズはそう言うと、少しばかり寂しそうな表情でこちらを見る。

その言葉の意味を、僕はまだ知らない。

「……聖騎士の名に懸けて」

サリアさんはその言葉に二つ返事で真っ直ぐ返答をする。

羨ましくも憧れてしまいそうなその真っ直ぐな瞳は、一ミクロンの可能性すら完全に否定し、高尚な理論や根拠を羅列した論文よりもはるかに説得力があった。

「そう、ならいいわ。アンタをウイルの聖騎士として正式にパーティー参加を認めます。ウイル、いいわよね？」

なんか、僕の関与していないところで勝手に話が色々と進められていた。

完全に置いてけぼりであるが。

まぁどちらにせよ。

「もちろん、大歓迎だよサリア」

この申し出を断る理由は見当たらない。

「ありがとうございます！　マスター！」

「ま、マスター？」

「はい、今日から貴方は私のマスターだ。これより先、私は貴方の剣であり、盾となりましょう。マスターウイル……どうかこれより先の道、消滅が二人を分かつまで私を導いてほしい」

そう言うとサリアは僕の前に跪《ひざまず》き、誓いの文言を口にする。

御伽噺《おとぎばなし》の世界から続く誓いの文言。

騎士が主君と認めた相手にのみたった一度だけしか言うことの許されないこの言葉は、紛れもなく彼女が僕を主君と認めてしまったという証である。


どうしてこうなった。


もちろん僕としては大歓迎である。彼女はとても頼りになるし、なによりも美しい。

けれども、彼女が僕に仕えるということは、彼女の迷宮探索を振り出しに戻すことになる。

それは本当に彼女のためになるのだろうか？　断ったほうが正しいのではないだろうか？

そんな考えが脳裏をよぎる。

しかし。

僕を見つめる瞳はどこまでも真っ直ぐで、そんな某《なにがし》かの不安でさえも見透かした上で、望むところだと言っているような気がした。

いや、彼女ほどの人間だ、恐らく僕の卑屈な考えなど全てお見通しなのだろう。

だからこそ。

「まぁ、ちゃんと導けるかどうかは不安だけど……これからよろしくね、サリア」

……女の子にこんな表情されたら、頑張って応えられるようになるしかないじゃないか。

【聖騎士　サリアが仲間になった】

名称　サリア　年齢　秘密　種族　エルフ　職業　聖騎士　レベル13
筋力　18
生命力　17
敏捷　18
信仰心　18
知識　18
運　2
使用可能魔法
　なし
使用可能神聖魔法
　第三神秘まで全て
スキル
　割愛

◇

さて、晴れてサリアがパーティーメンバーに加わったところで、サリアを丸腰で迷宮に向かわせるわけにはいかないということになり、デザートが出なくてぐずるティズをなだめた後に、僕達はサリアの武器と防具を揃えるためにクリハバタイ商店へと向かう。

「へいらっしゃい……て、お前さんウイルっていったか？　この前はリリムの奴がすまなかったな」

中に入ると、リリムさんは丁度外出中のようで、代わりにトチノキ店長が店番をしていた。

「いえ、僕達も気付かなかったし、おかげでいい装備も揃えられて助かりました」

「そう言って貰えると助かるぜ。で、今日は何が必要なんだ？」

「ええと、彼女用の武器と防具を揃えたいんですけれども、見繕ってもらえますか？」

「ん？」

そう言うと、トチノキさんは隣に立っているサリアを見る。

「久しぶりになるのかな？　トチノキ」

「あっ！　お前サリアじゃねえか！　今までどこほっつき歩いてたんだ？」

どうやら知り合いだったようで、店長は死人でも見るかのように驚いている。

まぁ、実際昨日まで死んでいたんだけど。

「迷宮で寝過ごしてしまってな……」

「ったく、心配かけやがって、無茶ばっかりするからだ……その様子じゃあの装備も全部なくしたのか？」

「あぁ、申し訳ないが、まだ残っているだろうか？」

「あったりめえだろ！　俺は約束を守らねえ奴と嘘つきが一番嫌いなんだ！　ばっちりしっかり、保管してあるよ」

店長はやれやれとため息をつきながら、椅子から立ち上がる。

「おーいミルク！」

「はーいてんちょ～、なんですか～」

聞こえてきたこの声の主《ぬし》はミルクさんというアルバイトの店員さんであり、白と黒のまだらのエプロンをつけている、どこかおっとりとしていて、可愛《かわい》らしいめがねと艶のある黒髪を三つ編みにしている小柄な店員さんであり――しかも巨乳――リリムさんと同じくこのクリハバタイ商店の看板娘の一人である。

「少しばかり店番を頼む」

「はいな～」

パタパタと上階からあわただしい音が響き――今日も揺れてる――ミルクさんがやってくると同時に店長はカウンターの入り口を開けて中に入るように手招きをする。

「……ついてこい」

「いつもすまないな」

どうやらサリアは何度か入ったことがあるらしく、店長の後に付いていき、僕とティズはその後をおっかなびっくり付いていく。

　店の裏手は倉庫のようになっていて、店長は暗いその部屋のランタンに灯を灯すと、オレンジ色の明かりが部屋を照らしだし、同時に白銀であろう鎧や剣が黄金色に輝きを放ち、物語で見た黄金の都エルドラドのことを思い出す。

「ええと、ここは？」

「昔の話さ……死んだ冒険者が丸裸で帰ってきたときのために、あらかじめある程度の装備や物を預かるって商売をしていたのさ……まぁ、戻ってくる奴なんて殆どいなかったからやめちまったけどな……売るわけにもいかねえし、倉庫代を取ろうにも客は帰ってこねえ、売り物にするわけにもいかねえしでほとほと困ってたんだよ」

「へぇ」

「確か預けていたのは私の装備と、魔道書だったたか？」

「それと防護のネックレスだ」

「あぁそうだった……まさかまたこれを装備することになろうとは……備えあれば憂いなしとはこのことだな」

　うんうんとサリアは頷き、店長ががさがさと埃をかぶった品物の中から、サリアの持ち物を探している。

「もう預からないからな！」

「分かっているよトチノキ、待っていてくれて感謝する」

「けっ」

悪態をつきながらも、店長はどこか嬉しそうに見つけ出した装備一式をサリアに手渡し、体に付いた埃を払いながら部屋を出ていき、僕達もそれに続く。

「あら～、店長早かったですねぇ……」

「あぁ、悪かったな仕事を中断させちまって」

「いいんですよぉ。では戻りますねぇ？」

「あぁ……頼んだ」

「はいなぁ～」

「お前達も、さっさと迷宮にでも行くんだな！　装備はそこの試着室を使え」

「ではお言葉に甘えて早速……マスター、少々お待ちを」

そう言うとサリアはクリーンの神聖魔法を唱えながら、店の試着室へ入っていき、中で着替えを始めだした。

「覗いちゃダメよ」

「覗かないよ」

とりあえず装備を見ていても良かったけれども、特にすることもないので、僕達はサリアが防具を装備するまで外で待っていることにした。

更衣室をちらちら見ていたとか難癖をティズにつけられるのも困るし。

外はお昼時ということもあってか、既に冒険者の姿もまばらになっており、行き交う人々は皆鎧ではなく私服を身に纏っている。

この時間、冒険者達は皆迷宮に潜っているため、ここにいるのは今日を非番と決めている冒険者や、冒険者達の家族であろう。

「ロバート王生誕祭……偉くなったものね」

道行く人を見ていた僕とは違い、ティズは近くに貼り出されていた張り紙に興味が出たのか、近々開催されるロバート王の生誕祭についてのチラシを見て低くうなる。

「偉いも何も、この国の王様じゃないか」

「そうだけど、元は冒険者だっていうじゃない……それがこんなふんぞり返って……」

ポスターに描かれた姿は完全に想像だとは思うが……。

「王様なんだから仕方ないよ……それよりも、国王生誕祭を祝うパレードで、結構有名な大道芸人が来るって話だよね？」

「あー、なんかチラシにも書いてあるわね。ダンデライオン一座だって」

「そうそれそれ。僕、大道芸って一度も見たことないんだけど、噂だと凄い大道芸人たちだって有名なんだよね」

「へぇ、それは楽しみね……せっかくだし見に行ってみようかしら」

そう会話を続けていると。

「お待たせしました！　マスター」

女性の身支度は長いものだと教わっていたけれども、そんなこともなくサリアは店から出てくる。

クレイドル寺院の聖衣の上から装備された白銀のミスリルプレートメイルに腰当て、その腰にはロングソードやブロードソードよりも少し長めで、細身の剣が差されており、その首元には青く光る宝石が埋め込まれたネックレスがぶら下がっていた。

どこからどう見ても立派な聖騎士であり、その精悍《せいかん》な出で立ちに僕は心を奪われて呆けてしまう。


「な、なにか……変？　でしょうか」

「え!?　ううん！　そんなことないよ！　す、凄く似合ってる」

「そうですか、それは安心しました……あまり異性受けする人間ではないものなので、少し不安だったのですが、マスターに喜んでもらえているようで、幸いです」

嘘だ……こんな綺麗で上品な人が男受けしないのだったらティズなんて。

「何かしら？　ウイル」

「な、なんでもないよ……ティズ！」

にこりと額に青筋を浮かべてティズが僕のほうを見やる。

怖かった。

「さて、これで私の装備も整った。迷宮に挑戦することができますよ、マスター」

まぶしい笑顔を浮かべ、サリアはそう高々と宣言をする。

こうして、僕は初めての仲間を得て、僕達の冒険が今始まったのだ。

◇

迷宮第一階層入り口。


「さて、仲間になったサリアにここで教えておくことがあるんだけども」

パーティーを組んで初めての迷宮探索。

昼下がり、サリアの体力の回復を待って遅い時間に侵入した迷宮の最浅部で、僕はまず自らの能力について教えることにした。

「はい？　教えておくことというと、ダンジョンに入ると性癖が変わるとかそういう類《たぐい》のものですか？　大丈夫ですよマスター、どんなマスターであっても、私にとって大切な人に変わりはないのですから」

「違うからね!?　なに変な妄想繰り広げてるのサリア！」

「はっ、こ、これは失礼しました!?　では一体どのような内容なのでしょうか」

「僕のスキルについてだよ」

「スキル？　あらかたのスキル効果は私は熟知しているつもりですが……まさか何か特別な能力を保有しているとか？」

「まぁ、そのまさかね。なんで私達駆け出し冒険者がアンタを助け出せたのか……これが答えよ」

「答え？」

「百聞は一見にしかず、その眼ぎんぎんに見開いて良く見ておきなさい……ウイル！」

なんでティズが偉そうなのかは良く分からないが、僕はとりあえずスキルを発動する。

【メイズイーター！】

壁に触れると同時に、昨日と同じように崩れ落ちる壁。

そう都合よくアイテムは現れなかったが、ガラガラと音を立てて壁が崩れ、同時に壁の向こう側にあるはずの通路がその姿を現した。

「な……ななな」

「なんじゃこりゃ？」

「なんじゃこりゃあああ!?」

いかに知識がカンストしている状態のサリアであっても、この力、メイズイーターの存在は完全に予想外であったらしく、凜々しい姿とか聖騎士としての姿とかを全て忘却の彼方に小旅行させて悲鳴に近い叫び声を上げる。

それはそうか……今、彼女の中の常識がこの壁よりも大きな音を立てて崩れ去ったのだろうから……。

「な……か、かべ……かび？」

「落ち着きなさい筋肉エルフ」

「これが落ち着いていられますか！　なんですかこの能力は！　長年生きていて、こんな能力は聞いたことがありません!?　最高の破壊力を誇る核撃魔法でさえも、この迷宮の壁を破壊することは不可能だというのに……それを、こんなにあっさり！　あと筋肉エルフってなんですか！」

「僕も昨日手に入れたばかりなんだけど、どうやら僕には迷宮の壁を壊したり、壊した迷宮を直す力があるみたいなんだ……それ以外の能力は……というかそれ以外の能力があるのかすらも良く分からないいんだけど、とりあえず迷宮攻略には役に立つ能力だと思うんだけど」

「役に立つなんてレベルではないですよマスター！　この能力があればダンジョン攻略の難易度が三段階は下がることになります！　なぜならこの力があれば、迷宮の罠も魔物でさえも全てを回避して進んでいくことができる！　本当に、本当にマスターはすごいです！」

べた褒めである。

確かにすごい能力だと自分でも思うのだが、肝心の自分の能力がそんなに高くないため、深部に行くのが容易になる能力を保有していようとも、宝の持ち腐れなのではないかと思ってしまう。

まぁ、サリアほどの仲間がいればその力不足も補えるのだろうが……。

「あれ、つまりこの能力があったから私が助けられたということは……」

「そうよ、アンタは全裸でいしのなかにいたってことよ……しかも二年も」

「我ながら良く五体満足でいられましたね」

「本当よ……魂が変質してそろそろアークデーモンにでもなるんじゃないのアンタ？」

「ティズ、私はあくまで聖騎士だ……悪魔はないだろう悪魔は……せめて天使にしてください」

ティズは苦笑してそう言葉を漏らし、サリアもその言葉に軽口を叩く。

二人とも随分と仲良くなったようだ。

やはり女の子同士でしか分かり合えない部分があるのだろう。

僕が少し嫉妬してしまうくらいに、サリアとティズはすっかりと打ち解けてしまっている。

まぁ、ティズとサリアの仲がいいに越したことはなく、唯一の懸念であった部分が解消され、安堵のため息を漏らす。

「オーガをはるかに凌駕《りょうが》する筋力の天使がいるわけないでしょうに。悪魔も裸足《はだし》で逃げ出すわ！　少しはエルフらしくしたらどうなのさ」

「確かに悪魔に逃げられたことは何度かありますが……そういうティズこそ、妖精にしては品がないですよ……妖精というよりも素行はまるでゴブリンだ。らしくないのはお互い様ですよ」

「あんですってえええええ!?」

仲が良かったように見えたのは幻覚だったのかもしれない……。

いつの間にか二人の間……というよりティズの背後から怒りの炎の幻覚が見える。

なんだか先行きが不安になってきた。

「あー……えーと二人ともいいかな？　特にティズ」

「なによ！　今この新参者に、先輩として礼儀というものを百八のとび膝蹴りをもってして分からせてやるところなのよ！」

「うん、返り討ちにあうだけだからとりあえずそれはやめる方向で」

「ティズ……貴方が何を怒っているのかは良く分からないが、マスターの言うとおり声のトーンを抑えるべきだ」

「なによ二人そろって……私が悪者みたいじゃない！」

話を聞いている限りではその通りだったが違うのだろうか？

と言いたかったが、小うるさい金切り声の妖精はキーキーと甲高い声で抗議の意を過剰すぎるほど示し続けるため、言うタイミングを得られなかった。

というよりも、ティズを止めることが優先だった。

「ええとだねティズ、もう君には三十六回目の説明になるけれども、迷宮内は声が反響しやすくなっていてだね……君の声は良く響くんだ。そうすると当然……」

瞬間、サリアが何かを悟ったように剣を構え、それに遅れるように僕の五感が敵の襲来を告げた。


一閃。


聖騎士は敵の攻撃よりも速く、妖精の金切り声に引き寄せられるようにやってきた愚かな魔物に対し先制攻撃を仕掛ける。

「ぎゃん！」

悲鳴と共にか弱き（？）妖精を狩ろうと集まってきたコボルト、その先頭にいた一体が、サリアの攻撃により迷宮に倒れ命を散らす。

「このように魔物を呼び寄せてしまうのです」

冷静に細身の剣を振るい、血のりを落とし、サリアは僕達をかばうように敵へと対峙するが、気が付けばコボルトの群れに取り囲まれており、二日前のモンスターパニックを思い出させる状況に陥っていた。

「何よ何よ！　全部私のせいみたいに！　サリアだって大きな声出したじゃない！　私のせいだけじゃないもん！」

「その点に対してだが、私は迷宮に入る前に防音の魔法を使用している。大声を出してもパーティーにしかその声は聞こえない、神聖魔法の一つだ」

「そんなものがあるなら私にもかけなさいよ！」

「一日一回しか使えない」

「アンタだけマナーモードになってどうするのよ！　そういう魔法は私にこそかけなさいよ！」

「あ、自覚はあったんだ」

というか、マナーモードってなんだ？

「うるさい！　っていうかウイル、話が違うじゃない！　コボルトは自分より強い敵には近寄らないんでしょう？　ここにマスタークラスの怪物がいるならコボルトなんかに狙われるわけないじゃない！」

「あーそのことなんだけどね、ティズ。前回は僕もコボルトよりレベルが低かったからそう伝えたんだけれども、正確にはパーティーメンバー全員がコボルトよりも強いと判断したときだけコボルトは逃げ出すんだ……つまり」

僕とサリアの視線がティズへと集中する。

「結局私のせいかあぁぁ！」

依然騒ぎ続けるティズに引き寄せられ、どんどんコボルトの数が増していく。

気が付けばコボルト二十三体がかわいく見えるほどのコボルトに囲まれていた。

絶体絶命のピンチとはこのことなのだろうが、サリアは勿論、僕でさえも何故だか余裕を持っていた。

「まぁしかし丁度いいでしょう。マスター、ティズ。今度は私の力を見せる番だ……といっても、肩慣らしにもならないでしょうが」

そう言ってサリアは刃を抜き、僕達を守るように構えを取った。

「があああああるるがああああああ！」

細身の剣を構えるサリアであったが、コボルトはそれを無視してティズへと攻撃を仕掛けようとする。

しかし。

「させるか！」

横を通り抜けようとするコボルトの前へとサリアは一瞬で踏み込み、同時に剣を振るう。

「ぎゃん!?」

その一閃は鋭く、両腕とボロボロの剣ごと両断されたコボルトは、吹き飛ばされて後方のコボルトの足並みを崩す。

数が多くても、まとまっていてはまるで意味がないのだ。

少なくとも、サリアのような手練《てだ》れの前では。

「っはああああああ！」

怯《ひる》んだコボルトに対し、サリアはそのまま飛び込み、隊列の乱れたコボルトを斬り伏せている。

その姿はまさに、雑兵を斬り捨てる戦神。

敵は防ぐことも斬りかかることも許されず、ただひたすらに蹂躪される。

僕達を取り囲み、真っ直ぐ進むだけで僕達を蹂躪できたはずのコボルトは、僕達に向かって一歩を踏み出すよりも速く、サリアの剣戟《けんげき》に吹き飛ばされては隊列を崩し、吹き飛ばされては隊列を崩しを繰り返し、息つく暇も立ち上がる暇すらも満足に与えられずただただ斬り伏せられていく。

一番恐ろしいのはサリアはそれを前方だけではなく全方向の敵に対して行い、文字通り一歩も近づけないという状況を作り出しているという点である。

「マスタークラスっていうのは疑いようもないわね……あの女。相当の手練れだわ」

ティズはサリアのそんな戦闘シーンを見て息を呑む。

当然だ、僕達が必死に逃げ回っていた数のコボルトを一人で相手取り、完全勝利を収めている。

敵が苦し紛れに放つ一閃も、彼女の肌や鎧でさえも捉えることはなく空を切り、その身に纏ったボロボロの鎧ごと少女の剣によって両断される。

格が、次元が違う。

これが迷宮最下層にて、アンドリューを追い詰めた聖騎士サリアの力なのだ。

「があぁ！」

獣の頭が最大限の知恵を絞ったのか、咆哮《ほうこう》と同時にサリアへと一斉に飛び掛かる。

十体ほどの波のような一斉攻撃。

幾ら一撃が鋭く重くとも、剣では一度に一体しか攻撃ができず、一斉に全方向から攻撃を仕掛ければ僕達を守ることもできないし、回避さえもままならないと考えたのだろう。

しかし、そんな常識はサリアには通用しない。


「戦技」

剣を鞘《さや》に納め、サリアは姿勢を低くする。

空気が変わる。

まるでサリアの周りに張り詰めた糸が張り巡らされたかのように、鋭く冷たい空気が空間を覆いつくす。

しかし、獣の直感も人の知能も失った彼らにその空気を感じ取る力はないらしく、愚かにもサリアが放つ技を回避も防御もすることなくその身に刻む。

「居合い・野晒し」

「がっ――――」

鞘から刃を引き抜き、敵を横一文字に斬り払いながらサリアは一回転する。

悲鳴も断末魔の叫びすら間に合わない。

一瞬にして上半身と下半身を両断されたコボルトたちは、一肉片と化し、迷宮はまた静まり返る。

「あれは……」

「戦技。アンタのメイズイーターと同じスキルの一つで、戦闘でしか使えない戦闘専用のスキルよ……普通の攻撃に、特殊な効果を乗せることができる……そしてあの構えは、東の異国の戦士が良く使う戦技……居合いと呼ばれるものね」

ティズはようやく落ち着きを取り戻したのか、満足そうに鼻を鳴らして返り血一つ浴びることなく平然とした表情でこちらに戻ってくるサリアのもとへとひらひらと飛んでいく。

「やるじゃないのアンタ！　こんなすごい騎士がいれば、ウイルも安全にダンジョン攻略ができるわ。もうアンタ一人でいいんじゃないの？」

「ありがとうございます、ティズ。その言葉は嬉しいのですが、しかし私だけでは迷宮攻略はできません……問題がある」

「問題？」

「ええ、私はマスタークラスの聖騎士ですが、神聖魔法は殆ど使えません。身体強化や、防護魔法はおろか、回復魔法や攻撃魔法も強力なものは使用できない。三階層までなら問題はないかと思われますが、早めに魔法使いや僧侶をパーティーに加えることを考えたほうがいいと思います。剣の腕は自信がありますが、それだけで攻略できると思い込むほど、私は迷宮をなめていないつもりです」

確かに、パーティーにはバランスが欠かせない。

いかにサリアのように武芸に秀でたものであっても、迷宮の罠に掛かってしまえば回復魔法がなければすぐに死んでしまうだろう。

そのため、魔法、奇跡、武術、全てがそろった状態で迷宮に挑むのが冒険者の基本となり鉄則である。どれか一つが欠けても、迷宮は確実にその穴を突いてくるのだ。

「そんなことは分かってるわよ、誰も本当にアンタだけで迷宮が攻略できるなんて思っちゃいないわ。思っちゃいないけれど、アンタの言うとおり魔法使いや僧侶は必須よね……まぁでも、それはおいおい考えるとしましょうか……三階層までは問題ないのなら、問題が出る前までに解決すればいいだけの話だし」

「ええ、四階層以降の高位アンデッドや、デッドスモッグのようなモンスターには私の魔法は殆ど効きませんが、三階層までならば私の剣と奇跡だけでも十分対応できます」

「しかし、随分と自信満々だけど、その自信は一体どこから来るのかしら？」

「魔法にはランクがあり、一階位魔法、二階位魔法と名前がつけられています。普通は習得難易度、必要魔力量から勘案され、ランク付けがされるのですが、この国は少し違います。これは、この国にある迷宮の階層にちなんでのことだといわれています」

「一階位魔法が、一階相当の魔法だってこと？」

「ええ、火球《ファイアーボール》、倦怠《コールド》の魔法や、回復《ヒール》、頑強《プロテクト》の魔法は、一階層の敵には有効ですが、毒や状態異常を与える魔物が多く、亡霊やスライムなどが増える二階層ではあまり通用しません。しかし、魔導王国〜エルダン〜の魔法学校では、回復《ヒール》や頑強《プロテクト》よりも、ティズが常に使用している第三階位魔法、太陽の光《サンライト》のほうが習得難易度は低いといわれています……。しかしそれでも、太陽の光《サンライト》が長年第三階位魔法とされてきているのは、太陽の光《サンライト》は盟友を照らし出すという効果のほかに、迷宮に仕掛けられ、隠匿されている罠の場所を分かるようにする、という追加効果があるため、罠が少なく殆どの罠の場所が冒険者に周知されている一階層、二階層ではなく、罠が張り巡らされ、更にはその罠が一定期間で場所を変えるというギミックが仕掛けられている三階層でこそ必要になるでしょう。また、同じ状態異常の麻痺と毒ですが、命に別状がなく、解除も簡単な麻痺を治す麻痺解除《ディスパラライズ》が第四階位とされ、解除も難しく、命の危険が伴う毒を解除する解毒《ディスポイズン》が第二階位と設定されているのも同じ理由で、毒を持つモンスターは二階層から、麻痺を持つモンスターは四階層からしかエンカウントしないからですね。こうやって、この国での階位魔法というのは挑戦する階層に必要となる魔法の指標になっているのです」

「へー」

僕はサリアの講義を感心しながら聞く。

どれもこれも聞いたことのないことばかりであり、必死に頭の中に詰め込むが、そもそも魔法というものを使用したこともない僕にそれを全て理解するのは不可能だったため、重要そうなところだけを叩き込んでおく。

「ま、とりあえずはその階位の魔法が使えるようになるまでは、その階層には近づかないほうが無難ってことね」

「その通りです。そして私の使用できる神聖魔法は第三階位まで。属性魔法は使用できませんが、神聖魔法は威力が劣る代わりに耐性を持つ敵が三階層まで出てくることはなく、安定して戦うことができます。なので三階層までは問題なく今は探索をすることができるでしょう。火力不足も私の剣技で補えますし」

「なるほどねぇ、一応根拠はしっかりとしているわね……でもアンタが大丈夫でもウイルは違うわ。最初に言ったとおり、すぐに三階層に進めるなんていうのは許さないからね。次の階層に進むか、まだ留まるかの判断は私達でする……いいわね？」

「ええ、それは勿論ですティズ。マスターに危険が及ぶようなことはしないと貴方に誓った。それに、この迷宮では慎重すぎるという言葉はないですからね」

「それが分かっているなら何も問題ないわ……ちょっと失礼」

ティズは満足げに頷くと、サリアの肩に飛んでいって腰を下ろす。

「わっ、ティ、ティズ!?　くすぐったいです」

それは今まで僕以外にやったことがない行動であり、僕はティズが心からサリアを仲間として信用したということが分かり、もう一度安堵する。

ティズは少し素直じゃない部分があるから心配していたけれども、この調子ならば心配なさそうだ。

「こらウイル！　なーに一人でぼーっとしてるのよ！　早く毛皮とか回収しないと消滅しちゃうわよ！」

「あーごめんごめん、今するよ」

金貨が手に入ったからとはいえ、僕達はまだまだ貧乏冒険者だ。コボルトの毛皮一枚とて無駄にするわけにはいかない……ということで僕は慌ててトーマスの大袋を広げ、ハンターナイフで素材の回収を開始する。

「私も手伝いましょう、マスター」

サリアもナイフを取り出し、僕の手伝いをしようとする。

「いいよいいよ、全部片付けてもらっちゃったし、これぐらいやらないと、僕のいる意味がなくなっちゃうから」

「そんなことは」

「いいからいいから！　まだ生き返ったばかりで本調子じゃないんでしょう？　そこでティズと一緒に休憩していて」

「むぅ、ではお言葉に甘えて……でも次からはちゃんとお手伝いさせていただきますからね」

「分かってるよ……次からは絶対にお願いするから」

そう言って僕は、短刀でコボルトたちの毛皮を剥いでいく。

今日も大猟だ。昨日ほどの収入は流石《さすが》に見込めないだろうが、この調子で行けば万年赤字も、野菜売りのアルバイトもしないで済みそうである。

ふと、コボルトの爪を切り取りながらサリアのほうへ視線を送ると、サリアは僕に天使の微笑を見せながら、壁に背を預けて体育座りをしてこちらを見守り、ティズはその頭に乗っかりながら陽気に酒場の冒険者の歌を歌い始め、サリアもそれに釣られるように楽しそうに一緒に歌い始める。

うむ、あの二人の笑顔を見ていたら、剝ぎ取るスピードが二割増しになりそうだ。

そんなことを考えながら、コボルトの毛皮へと短刀を入れると……。

「っ!?」

一瞬手に痛みが走る。

牙が刺さったとか、何かで切ったとかそういう感覚ではなく、血管の中を熱が通り抜けたような……そんな痛みである。

「？」

慌てて手の平を確認してみるが、当然血も出ていなければ異常もない……毒針でも隠し持っていたのかと警戒したが、血がにじむこともないため、怪我をしたわけでもなさそうだ。

「今日もエンキドゥの酒場で蜂蜜酒が飲めそうね！　ちゃんとさくらんぼもつけてねーウイルー」

そんな僕の体の異常など露知らず、ティズは呑気にサリアの頭の上で手を振っている。

「ティズは本当にさくらんぼが好きなんですね」

「そうよそうよ！　さくらんぼは素晴らしいわ、あの甘さと酸味の加減が他の果物とは一線を画すのよ！　特に春一番のものは……」

先ほどまであれだけ騒いでいたのはどこへやら、熱くさくらんぼへの情熱を語る気分屋な妖精に僕は苦笑を漏らし、視線を手に戻す。

既に痛みは気のせいだったかのように綺麗さっぱり消え去っていた。

「っと……これで全部かな」

それ以降、痛みが僕を襲うことはなく、僕は特に気にするでもなく最後のコボルトの毛皮と爪を切り取ると、トーマスの大袋にそれらをしまう。

最後にもう一度念のため手を見てみても異常は見られない。

やっぱり唯の勘違いだったのだろう。

◇

「回収は済んだウイル？　迷宮探索を再開してもいいかしら？」

さくらんぼへの情熱も、酒場の歌も飽きたのか、ティズは僕の頭に乗っかってぺしぺしと頭を叩き始める。

「そうだね、今日はサリアもいることだし、少し奥まで探索してみようか」

トーマスの大袋もまだまだ余裕があるし、そろそろ今日の僕達の目的を達成しよう。

「あと、壁の中のお宝探しよウイル！　行ける範囲のお宝は昨日ある程度取り尽くしちゃったし、奥の部屋でバンバン稼ぎまくるわよー！」

と、ティズは高らかに宣言をし、景気良く迷宮探索後半戦がスタートした。


が、出ない。

　壁を壊せど壊せど、昨日の大豊作が嘘だったかのように、壁の中の宝は出てくることはなかった。出てくるのは瓦礫、瓦礫、瓦礫瓦礫……木彫りの熊に……踊る蛙人形……そしてまた瓦礫。

　いっそ幻覚の罠にでも引っかかっていたという落ちであれば僕達も納得をしたのであるが、隣で少し嬉しそうに瞳を輝かせているサリアの存在が、僕達にあれが現実であったことを告げている。

「なんでよもー！　バグってんじゃないの!?　迷宮の確率変動を起こした奴どこのどいつよ！　責任者呼んでこーい！」

「ティズ……落ち着いて。バグって何？　虫？」

　僕の胸倉をつかみながら、ティズは僕の頭を揺らす。

　そう言われても僕にだってどうしようもないのだが……。

　落ち着かせないとまたティズがモンスターハウスのトラップになりかねない。

　手動首振り人形と化した僕は、ちらりと横目でサリアに助け舟を求めると。

「ふむ……。壁の中のお宝というのは消失した冒険者の持っていた遺品だと言っていましたが。マスター以外が破壊することができない壁の中に入るためには、テレポートの魔法か宝箱に設置されているテレポーターの罠……それと迷宮の罠としてのテレポーターが必要になります。テレポートの魔法を使用する敵は今のところ五階層以降に、テレポートの罠も四階層以降にしか見受けられません……。確かに一階層の出口付近にテレポートをしようとして座標を誤っていしのなか……というパーティーは少なくないと聞いたことがありますが……。どれも入り口付近のいしのなかに飛ぶのが殆どでしょう。なので、入り口から離れればその分宝が出てくる確率は低くなるかと」

「えー!? じゃあもう迷宮ではお宝は出てこないってことなの!?」

僕の首が更に速く前後することになる……そろそろ首がもげそうだ。

「いえ、そういうことではありませんティズ、確かに自らの魔法でいしのなかに入ってしまった冒険者ならば、第一階層に行ってしまうことが殆どでしょうが、宝箱によるテレポーターならば、同じ階層にランダムに飛ばされます。なので、四階層以降ならば……また宝箱が出てくるはずです」

「なるほどね……って！ 今私達が行ける最下層が地下三階なのに！ お宝があるのが地下四階ですって！ どうするのよ！ これじゃまた極貧生活に逆戻りよ！」

「あぁティズ、落ち着いて！ また騒いだら……」

瞬間、ざわりと空気が変わる。

「ティズ！ マスター！」

その変化にサリアも気付いたのか、僕とサリアは慌てて剣を構える。

目前から響くのは足音であり、その重みはコボルトとは比較にならないほどしっかりとしている。

息を呑む。

重量のあるその足音は、確実にこちらに向かっており、ティズの太陽の光《サンライト》に照らされ、その軍勢は姿を現す。

そこにいたのは。

「……オーク」

豚頭族《オーク》だった……。

「なんのひねりも面白みもない二度目のエンカウントですね、ティズさん」

「そうですね、どうしますティズさん。いろんな意味で」

「ちょ!?　また私のせいなの!?　また私のせいなのね！　結構な勢いと音で壁壊しまくってたけど私のせいなのね!?　分かったわよいーわよ私が悪かったわよ！　だからさん付けはやめてよ、やめてくださいお願いします！」

ティズは半泣きになりながら僕達に訴えかけるが、先程より声のトーンは数段高いため反省する気はないのだろう。

「とはいったものの安心してくださいティズさん。オークは元来臆病で優しい魔物だ。確かに人を襲う魔物と分類されているが、それは迷宮内で食糧難が起きたときだけだし、何よりも冒険者を襲うことは殆どない。戦闘になってもすぐに逃走することが殆どだ」

「そうそう、よく掲示板とか御伽噺でオークに女性が襲われる話があるけど、それは繁殖期の話であって、オークはとても気性が穏やかなんだ」

「な、なんだ、心配したじゃない！　それで、その危険な繁殖期っていつなの？」

「丁度この時期だね」

「ダメじゃん！　結局危険じゃない！」

「ぶがあああああああああ！」

ティズの突っ込みに反応したのか、オークたちは斧や棍棒を片手にこちらへとじりじりと近づいてくる。大きさはおよそ二メートルといったところか……屈強な両腕に飛び出た腹が特徴的であり、コボルトよりも更に緩慢な動きでこちらへとにじり寄ってくる。

その数は五体であり、いままでの僕であったらすぐに逃げていたような敵だ。

繁殖期のオークは力も強くなり、筋力量も子どもを守るために多くなる……そのため、迷宮初心者はいつものオークとタカを括《くく》って返り討ちにあうケースが頻発する。

なので、逃げることが恐らく正解なのだろうが。

「マスター、いけそうですか？」

「大丈夫さ、右は任せて」

気が付けば剣を構えたまま、オークへと走る僕がいた。

戦闘態勢に入ると同時にホークウインドは青白く光り輝き始め、その光により僕は体が軽くなったような錯覚を覚える。

「があああ！」

「っ！」

コボルトよりもはるかに遅く、しかし圧倒的に重い一撃。

それをかがんでかわし、僕はオークの腹をホークウインドで斬り裂く。

「がぁ!?」

軽い……今まで使用していたロングソードでは一度振るだけで間合いを開いていたが……これなら！

「そこっ！」

腹を斬り裂かれ、オークが怯んだ隙に、返す刃で今度は棍棒を持っている腕を斬りつける。

「があああああぁ!?」

腱が断ち切られ、オークは棍棒を取り落とすも、残った太い左腕で僕へと殴りかかる。

「ぐっ」

それをすんでのところで回避し、今度は両足を斬る。

「がっ」

二度目で確信をしたが、今の僕は一度に二度の攻撃を敵に与えることができるようだ。

足を斬られたオークはその場に倒れ伏しもがく。両手両足の使えない今、敵に攻撃の手段はなく。

「とどめだぁ！」

僕はその首元にホークウインドを突き刺す。

「ぐぶううあああああ！」

醜悪な断末魔の叫びと共に、先ほどまで動いていたオークは動かなくなる。

倒した……こんなにもあっさり……僕は駆け出しには難しいと言われる繁殖期のオークを倒したのだ。

「……僕にも、もうできるんだ」

胸の中で、何かがふつふつと沸き上がるような感覚が浸透する。

どこか誇らしく、どこか気恥ずかしい……そんな感情が内から沸き上がり、同時に。

「マスター、片付きました！」

サリアのそんな声で、僕の思考は正常に戻される。

どうやら五体中四体は、サリアが倒してくれたらしい。

流石はマスタークラスは格が違うといったところか。

「流石だね、サリア」

「いいえ！　見事ですマスター！　繁殖期のオークをあれだけ見事に片付けるとは」

「なによ、ウイルはもうレベル3なのよ？　オークぐらい簡単に片付けられるわよ」

「いいえ、繁殖期のオークは二階層相当の危険度を有します。筋力も能力も凶暴性も、通常期のオークをはるかに上回るほどの強敵なのです……それをあれだけ手際よく片付けるとは、流石はマスターです！」

素直な賞賛に、僕は顔を赤くする……褒められ慣れていない僕にとっては暴力に近い。

「そしてその剣も素晴らしい！　さぞや名のある名刀なのでしょう」

そう言うと、サリアは今度はホークウインドを賞賛する。

「これは、クリハバタイ商店のリリムさんが作ってくれたんです。銘はホークウインドっていうんですけれども」

「なるほど、道理でこれだけの名刀を私が知らないわけだ……打たれたばかりだとは……少しお借りしても？」

「もちろんだよ」

僕がサリアにホークウインドを渡すと、サリアは二、三度振るって、おぉ、と驚嘆の声を漏らす。いい武器というものをあまり持ったことのない僕だったが、サリアが驚くということはよっぽどの名刀なのだろう。

リリムさんはそんなすごいものをただで僕にくれたのか……。

本当に頭が下がる。

「素晴らしい。軽くそれでいて強靱……それだけじゃない、能力強化のエンチャントまで付与された魔剣だとは……」

「そんなにすごい剣ならサリアが使う？　この剣も、サリアに使ってもらったほうが本望だと思うし、サリアほどの冒険者が扱う剣ならきっと話題も多く集めるよ」

そうなれば、リリムさんの鍛冶師としての名も挙がる。

しかし、サリアはもう二、三度剣を振るって刀身をしばし見つめた後。

口元を緩めて僕に返してくる。

「いいえ、私にはこの剣を使いこなすことはできません。マスター、この剣は貴方しか主人と認めない」

「え？」

「恐らくこの鍛冶師は、貴方のためにこの剣を打ったのでしょう……使い手のことを考えて作られたとても良い剣です……手放してはいけない」

サリアはそう言うと、マスターもやりますね、と苦笑を漏らす。

僕は良く分からずに首を傾げるだけであったが、とりあえずこの剣だけは手放してはいけないということは理解できた。

「うん……ありがとうサリア」

「いえ、たまたま作り手の思いが読み取れてしまっただけです……それよりも今はオークの」

「ぶぐるるるあああ！」

オークのドロップアイテムを拾ってしまおう……そうサリアが言いかけたとき、迷宮の奥のほうで一際大きな野獣の咆哮が響き渡る。

その声の主は確かに醜いオークのそれであると殆どの人間が理解するだろうが、その声に迷宮が身を震わせているかのように、ぴりぴりと空気を振動させている。

「これは、まずいですマスター、ティズ。この近くにオークの巣ができたようです」

「オークの巣？」

「繁殖期のオークは迷宮一階層のどこかに巣を作る習性があり、そこを拠点に人を襲い始めるんです。階段付近に作られた巣は早々に冒険者に撤去されてしまうので大丈夫なのですが、ここは反対側にある場所だ……繁殖期が終わるまでは近づかず、他の場所を探索することをお勧めします」

「邪魔なら蹴散らしていけばいいじゃない？」

「やろうと思えば私とマスターであればできるでしょう。しかし、問題なのは労力に見合わないという点です」

「どういうこと？　サリア」

「先ほど、繁殖期のオークは肉体的にも凶暴性を増して、二階層相当の魔物となっていると言いましたが、手に入る経験値やドロップアイテムは通常のオークと変化はありません」

「なるほどね、強くなって労力は増すけれども、入る報酬は今までと変わらない。しかも一箇所に集まるなら、誰も好き好んでオーク狩りはしないというわけね……納得」

「ええ、なので自ら望んで藪《やぶ》をつついて蛇を出すような真似はせず、他の場所を当たりましょう。メイズイーターがあればまず遭遇することはないですから」

そう言うとサリアは、元来た道を戻り、十字路を今度は反対方向に進んでいく。

その判断に僕とティズは反対することはなく、それに続くように未探索の西側を探索することにした。

◇

「かんぱーい！」

その日の探索は早めに切り上げ、僕達はエンキドゥの酒場で蜂蜜酒のジョッキを互いに打ち鳴らす。

「今日はサリアが仲間になって初めての迷宮探索だからね。歓迎会もかねて少し贅沢なものを頼んでみました！」

その名も、店主、男のフルコース！　銀貨五枚という恐ろしい値段のするフルコースだが、料理は間違いなく絶品、そして店の酒は飲み放題という特典付き。
駆け出し冒険者ならば誰もが一度は憧れるこの店一番のコースであり、下層冒険者達の週末の楽しみでもある。

「なによ、はしゃいじゃって……サリアの歓迎会にかこつけて自分が食べたかっただけじゃない！　ま、もっちろん大歓迎だけどね～！」

ティズはそう笑いながら、両手の骨付き肉に幸せそうにかぶりついては、せわしなく高級蜂蜜酒を浴びるように飲んでいる。

「……私のためにこんな豪勢な歓迎をしていただけるなんて、マスター……感謝します」

「気にしないで、ティズの言うとおり、僕が食べたかっただけだから」

「ふふ、ではそういうことにしておきましょう……」

うん、サリアも喜んでくれているみたいで、それでこそ奮発した甲斐があるというものだ。
僕は満面の笑みを作って鶏肉の蒸し焼きにかぶりつき、ドワーフの蒸留酒を一気にお腹《なか》に流し込む。
お腹にずっしりと重く圧《の》し掛かる感触と、全身に巡る血潮が熱を持ったような感覚に僕は一つ息を吐き出し、きこり時代のことを思い出す。
仕事が終わった後はいつもこうして強いお酒を飲んでいたものだ。

「それにしてもマスター、随分と強いお酒を飲まれるのですね」

「うんまぁ、寒い所にいたからね。強いお酒がないと寒くて寒くて」

「なるほど、北ということはノスポール村のほうでしょうか？」

「良く分かったね、正解」

「ふふ、やっぱり……昔、私の師匠の友人であるというノスポール村の人に会ったことがあります。訛りが一緒でしたので、そうかなと思っていたんです」

「へぇ、僕の知っている人かな？」

僕の出身地のノスポール村は、人口五百人にも満たない小さな村だ。村人全員と家族のようなものだ。特徴や名前を聞けばすぐに誰か割り出せるだろう。

「まさか。出会ったのは百年近く昔の話です……それに、その人は冒険者でした。私も名前は知らなかったのですが、どことなくマスターに似た雰囲気の青年でしたね」

「百年も前だと流石に難しいね……それにノスポール村は魔法や都会の喧騒とはかけ離れた場所だから、みんな僕みたいな性格だし」

「それはとても素敵な村なのでしょうね」

「うん、鉄の時代の古代の遺物《アーティファクト》が現役なくらいの田舎町だからねぇ……機械を見に都会から来る人もいるぐらい」

「古代の遺物《アーティファクト》が……それは随分とまた……古代の迷宮で一度も1たーなる物を見たことがありますが、とても猛々しい音と美しいフォルムに感動を覚えたものです……はるか昔の技術というのに、その動きは神秘的だ」

「今思うと、魔法のほうがよっぽど便利だと思うけどね……」

機械を賞賛するサリアに僕は苦笑を漏らしながら、故郷を思い出してもう一度ジョッキに口を付ける。

「ところで、そういうサリアも手に持っているものは随分と強そうじゃないか？」

サリアの手にあるのは僕やティズのジョッキとは異なり、異国の珍しい陶器で作られた器になみなみと注がれた透明なお酒。

見た目も異なれば飲み方もまた特殊であり、ビンから少し注いでは一気に飲み、注いでは一気に飲みを先ほどから繰り返している。

「あぁ、これですか？　これは清酒といいまして、文字通り色のない透き通ったお酒です。香りも甘く、とても美味《おい》しいので私は愛飲しています。温めても美味しいので冬も夏も楽しめるという優れものなのですよ？」

「へぇ……美味しそうだね」

お世辞抜きで、サリアの言葉に僕は生唾を飲み込む……。

と。

「マスターもどうぞ、美味しいですよ？」

サリアは自分が飲んでいた器にお酒を注ぎ、手渡してくる。

「ふえ、そんな……」

「遠慮なさらず、飲み放題なのですから……さぁ、ぐいっと」

これってもも、もしかして間接キスとかいうやつに当たったり当たらなかったりするのではありませんでしょうかしら？

意識をすると、どきどきと心臓が高鳴り、器を手渡してくれるサリアを見やる。

美しい瞳、天使のような微笑。

そしてエルフ耳――ここ重要――。

多幸多福……そして目前には、至高。

これはやるしかない。

頭の中に現れた恥ずかしいという少年の青い感情を全て真っ白に塗りつぶす。

引き下がるなウイル……こんな最高な初めての相手はこの世に二度と現れることはない。

つややかな桃色の唇。

そして透き通った白い肌……。

やってやる！　僕は今日、サリアに初めてを奪われてやるのだ……。

やるぞウイル、据え膳喰《く》わぬは男の恥！　いつもだったら緊張して器を返してしまうところだが、今日は違う。

酒を女性に勧められて、男がグラスを引くなんてみっともない真似ができるわけがない（ってアルフが言ってた）。

父さん、母さん……ウイルは今日、大人になりま……。

「私の蜂蜜酒を飲めー！」

「ごばがぁ!?」

「ますたあああああ!?」

初めてはティズになりました。

「こんの泥棒猫！　わたひのウイルに色目使ってからに！」

「そんなことより、ティズ、マスター吹き飛んじゃいましたよ!?」

「大丈夫よウイルは特別な訓練を受けているから」

「受けてないですよね!?　絶対受けてないですよね！」

ティズの行動に驚愕するサリアと、それに絡む酔っ払い……。

「ふふ……ありがとう……神様」

そんな微笑ましい光景に僕は苦笑を漏らしながらも、ふけていく騒がしい夜に感謝をするのであった。

◇

夜もふけ、エンキドゥの酒場にいるもの全てが提供されるアルコールにより夢見心地になり、コボルトキングとオークロードも手を繋いで踊りだしそうなほどご機嫌に酔いつぶれ始めた頃。一番初めからこの店で騒いでいたはずの僕達は、相も変わらずエンキドゥの酒場を賑わせる。

「しかし、本当にお酒が強いのですねマスターは……これだけ飲んでいるというのに、酔う気配すら見受けられないとは」

「そう言うサリアだって、一向にペースが落ちないけど、大丈夫？　無理してない？」

「大丈夫……と言いたいところですが、今日ばかりは少し飲みすぎてしまったかもしれません」

「ええっ!?　それって」

「安心してください。酒の進む夜は決まっていいことがあった日だ。マスタークラスに昇進したときも同じくらいお酒が進みました……しかし、今日ほどお酒が美味しい日はありません……マスター、貴方が私の主になってくれた今日は、間違いなく人生最高の日です」

「そ、そんな……えへへへ」

料理のフルコースもひと段落し、すっかり酔いが回り始めた夜遅く。

しかし、僕達はせっかくのお酒飲み放題を無駄にするのはもったいないということで、潰れる覚悟で飲み会を続行し、案の定ティズだけが潰れる結果となり、ワイングラスのふちにだらしなく足をかけながら意味不明なことを口走り、それでも酒を飲み続ける酔っ払いを無視して、二人の親睦を僕とサリアは平和的に深めていたのだが。

「くるるああ！　あたしを放って、何ウイルといいちゃいちゃしているのよサリア！　許さないわよ！　あとそこのお酒を寄越しなさい！」

「あっティズ!?　これは強いお酒で……」

「構わないわよ！　今日は飲むんだから！」

何を思ったか、ティズはフラフラと僕とサリアの間に割って入り、どう控えめに見ても全長二十センチメートルの妖精には強すぎるお酒を再度飲み始める。

……一体この小さな体のどこにそんなに詰め込んでいるのかは甚だ疑問である。

「うー……しかしまさかコボルトのドロップアイテムが買い取り額半額になってるなんて」

酔っ払いとは恐ろしいものだ。せっかく先ほどまでご機嫌だったのに、たまたま手に取ったお酒が、獣人族の秘伝酒——狼喰らい——だったことが原因か、変な愚痴をこぼし始める。

まぁまだ意識も理性もはっきりとあるようで、安心する。

「仕方ないよティズ。アルフが言っていたように、今は下層に潜る冒険者が減って、上層階で生計を立てる冒険者が増えているんだから」

「確かに、上層階3階程度ならば、一年くらい迷宮に潜り続けた冒険者ならば安全に行き来ができますし、ある程度の収入は見込める。何も無理して下層に行く意味もない……ということですね。しかしそうなれば、上層のアイテムの価値が下がり、値崩れを起こすのは必定……特にコボルトなどは、駆け出し冒険者がよく生計の足しにする魔物ですからね……仕方のないことかと」

「そんなこと分かってるわよ！　そしてそのおかげでコボルトキングが高く売れたってことも、理解してるわよ！　でも、あれだけ倒して銀貨二枚はないでしょう！」

「いいじゃないかティズ、そのほかのゾンビの目玉やアンデッドの固形化した魂は高く売れたんだから、合計で銀貨十八枚……十分黒字だよ」

「そうだけど……あれは運が良かったからでしょ？　たまたまレアドロップアイテムが出たから今日一日を終えることができたけど、やっぱり安定したものがないとこれからやっていけないじゃない……人も一人増えたんだから。しばらくは一階層を冒険しなきゃならないのよ？　安定した収入を得るには四階層まで潜らなきゃいけないみたいだし」

そう言われると少し弱る。酔っ払いの戯言《たわごと》として切り捨てればそれまでだが、ティズの発言は的を射ていた。

正直今のままだと財政面で少し苦しい。

サリアのおかげで少しは下層に進む速度が上がるのだろうが、それでもまだ安定しているとは言い難い。

少なくとも生計が安定するアイテムが出る四階層以降に行くためには、通常レベル5にならなければ危険であるといわれている。

そして、レベル5に到達するにはあと一年は冒険を続ける必要があるため、一階層のアイテムが値崩れを起こしたということは僕達にとっては相当な痛手というわけだ。

レアドロップアイテムは確かに高額で取引をすることはできるのだが、それでも出現確率はとことん低い。

いつまでもレアドロップアイテムが出続けるとは限らないため、何か対策を考えなければならないだろう。

「あ〜あ、何か稼げる方法はないかしら」

「ありますよ」

「あるんかい!?」

ティズは盛大にグラスをひっくり返してテーブルの上ですっ転ぶ。

「ええ、クエストを受注すれば、上層階でもそれなりの収入を得ることができますよ？」

「クエスト？」

「はい、このエンキドゥの酒場は国王の公認で冒険者ギルドもかねています。そこのクエストボードに貼り出されているクエストをこの酒場の店主かギルドマスターに持っていけば、正式に冒険者や国から出されている迷宮に関する依頼を受けることができます。通常は強力な魔物が迷宮に出現したり、特定のモンスターを狩猟してアイテムを一定数渡してほしいという依頼が主ですが、普通に迷宮を探索すれば手に入るような報酬では誰も見向きもしないので、基本的に高額な報酬が提示されていることが多いです」

「でも、どうせ下層の依頼ばっかりなんでしょ？　上層なんて強い奴の通り道なんだから」

「いえ、それがそうでもないのですよ。上層階でも行方不明者はいくらでも出てきますし、迷宮の上層階は降りる階段まで一直線に進んでしまいますから、今日のオークの巣のように階段から離れた場所に強力な魔物が出てきた場合は誰も見向きもしません……それに下層では下層の依頼が出ますので、みんなそっちを受けてしまうんですよ」

「ふぅん」

「私とマスターならば一階層で出ている依頼に危険はないでしょう……普通に一階層を探索するよりは強力な魔物と戦うことができるので、効率よくレベルを上げることもできますよ？」

「むぅ〜、筋肉エルフはそう言っているけれど、どうするウイル？」

　こういうときに心配性なティズは、首をかしげて僕にそう尋ねてくる。

「そうだね……サリアがそこまで言うなら、明日ためしに受けてみようか」

「そ、まぁウイルがそう言うならばそうしましょ？」

「はい、では詳しいことはまた明日話しましょうか」

「そうね、ここで色んなこと吹き込まれても覚えてられる自信がないわ」

「ははは、そうだね……さて、ティズも記憶が曖昧になってきたみたいだし、これ以上はティズが噴水になるからね、そろそろ出ようか」

「そうですね……しっかりと堪能させていただきましたし」

「えええええ！　やだやだやだ！　もっとお酒飲むのぉ！」

「全長二十センチに一升を納めておいて何を望むのだティズよ……これ以上は君の異次元胃袋からミックスジュースが吐き出されることになるからもう帰るよ！」

「や――だ――――！」

　駄々をこねるティズだが、首根っこをつまみ上げてさっさとお会計を済ませることにする。

　随分と長い間飲んで騒いだようだ。

「ふぅ、今日はありがとうねサリア……色々と勉強になるよ」

「いえ、こちらこそ。これだけ惜しみない歓迎に応えられるよう精進いたします」

「うん、これからもよろしくね、サリア……一応強いといっても女の子なんだし、家まで送るよ」

「はい？」

「ん？」

一瞬サリアが何を言っているか分からないという表情をする。

「私に家はありませんが」

「え？」

「二年も迷宮で眠っていたせいか、私の家は既になくなっていました。ですので、これからはマスターと寝食を共にしたいと思います」

「そそそそっそっそそそそれって、どどど同棲!?」

「同居ですね」

そうだった、少し早かった！

しかし、若い男女が一つ屋根の下でこれから一緒に住むなんて……そんなの、そんなの。

なんて素晴らしいんだ！　こんな素晴らしい少女とこれから僕は二人で暮らすなんて……、そ、そうなったら少しくらいの間違いだっておかしくない！

むしろ展開的に、しないとおかしい！

「へいお嬢ちゃん、さっきから随分とそこの坊やとお楽しみだけど、これから俺達と――」

見るからに柄の悪そうな男冒険者の一団が、視界から消える。

サリアをナンパしたのかそれともついでにセクハラでもしようとしたのか、とりあえず冒険者の一団は一人以外声を発する暇もなく吹き飛ばされ、壁の新たな模様となる。

「へ？」

「では、マスターと同居するということでよろしいでしょうか？」

とりあえずそのオブジェがサリアの裏拳により作成されたものであることに気付くのにそう時間はかからず、僕はサリアとオブジェを見比べると、サリアは「なにかありました？」とでも言いたそうな表情で首をかしげる。

ナンパでこれなのだ。手を出したら更に酷《ひど》い目にあわされることは眼に見えている。

というか慌てて隠しているけど隠せてないからね、拳から出てる煙。

「ちっ」

ティズがすごい顔をしている。

きっと飲みすぎた反動で噴水になりかけているのだろう、きっとそうだ。

「わ、わかりました……いいですよ」

とりあえず壁のオブジェとなった冒険者二人に合掌をして、僕は邪念を捨てて快くその申し出を良しとする。

そんなに疚《やま》しいことがなくても、サリアと一緒に暮らせるというのはそれだけで幸せなことだ……。

というか他の冒険者からしても喉から手が出るほどうらやましいだろう。

改めて僕は自分の運のステータスが19であることを再確認する。

素晴らしい、素晴らしいよメイズイーター。

「ありがとうございますマスター。では、帰りましょうか……先ほどから暴れていたせいか、ティズがなんか今にも戻しそうだ」

「えっ！」

これからの生活を妄想していると、サリアは冷静にそう報告をしてくれ、ようやく僕はティズが本格的に噴水になりかけていることに気が付く。

「うぶ……ぼぼるぶろヴォゴゴ」

先ほどまでぴんぴんしていたのに、どうして急に……。

とりあえずサリアがうちで生活することに対して何か言いたいのは分かるのだが、残念ながら戻しそうなせいかもはや人の言葉となっていない。

「ティズ、吐くのかしゃべるのかどっちかに……いや吐いちゃだめ！　我慢して！」

ティズの眼が光る。

あ、まさかティズの奴……サリアを家に住まわせないためにわざと!?

「ばがぎごぼぼぼ！」

あ、あかん！　こいつ吐いてでも止めるつもりだ！

「ぐぐぐ」

我慢という理性のたがを外し、ティズはその激流に身を任せて噴水になる道を選ぶ。

その表情はとても穏やかで、まるで何かを悟ったかのようにうっとりとした眼をしている。

これだけ朗らかな表情で公衆の面前で戻すヒロインがこの世にいるだろうか？

いるならば是非教えていただきたい。

噴出される噴水は色々なものが混ぜ込まれた虹色の物体Xであり、僕達に降りかかる莫大な慰謝料は未知数である。

あぁ、誰でもいいからティズを止めてくれ。

【解毒《ディスポイズン》】

「へ？」

短くサリアはそう呟くと、ティズは一瞬にして正気に戻る。

「あれ……ない！　あれだけの吐き気がどこにもない！」

そう驚くのか。

「どうしようウイル！」

知りません。

「酔いというものは魔法で治してしまってはつまらないですが、流石にここでは不味《まず》いですからね……仕方なく治療させていただきました……酔いも毒の一種ですからね」

どうやらサリアが状態異常回復の魔法をかけてくれたようだ。

「おまえかあああああ！　ちくしょおおおおお！」

公衆の面前で吐くことができず、涙を流して悔しがる妖精がいた……僕のパートナーではないと思いたかったが現実は無情である。

ヒロインとしての尊厳は辛くも守られたが、サリアという少女には色んな意味で完敗してしまったティズなのであった。

四話　初めてのクエストとオークの巣

次の日。


「あ～あたまいだい」

「酔いは醒ませても体内のアルコールは完全には排除できませんからね。仕方ないです」

見事に二日酔いに悩まされながらフラフラと飛ぶティズを連れて、僕達は冒険者の道を歩いていく。

目的地は昨日話していた昼のエンキドゥの酒場だ。

今までギルドというものを知らなかった僕達であったが、エンキドゥの酒場は昼間は冒険者ギルド、夜はギルド兼居酒屋として機能している国公認の機関であるらしく、登録をすれば誰でもクエストを受注することができるらしい。

そんなに時間もかからないというので、早速早朝にエンキドゥの酒場へとギルド登録をすることにした。

「今まで朝にエンキドゥの酒場に入っていく人たちを見てきたけど、ただ朝から飲んだくれてるわけじゃなかったんだね」

エンキドゥの酒場は昼は大仰な明かりも豪勢なお品書きの看板もなく、特に目立つこともないただの建物と姿を変えており、僕はそんな恥ずかしい勘違いを苦笑交じりに漏らすと。

「うぃいいいぃ」

「あっ!? おいまたルーピー・ウィーヒックの奴が倒れたぞ！ どうするマスター」

「水でもぶっ掛けて迷宮にでも放り込んどけ！」

「あいよ～！」

ばたばたとあわただしく運ばれていく男の人は、ワインでもぶちまけたのかローブが真っ赤になっており、とても酒臭かった。

「まぁ、中にはそういう人もいますが」

苦笑を漏らしながらサリアはそう言い、何事もなかったかのようにギルドの受付――いつもなら酒場のカウンター――まで歩いていく。

「久しぶりだな、ガドック」

「おう、何だ生きていたのかサリア……今まで何してやがったんだ？」

「あれ？」

てっきり酒場のマスターがギルドの運営をしているのかと思いきや、見たことのない人がカウンターに立っている。

額に大きな十字傷がある、筋骨隆々のドワーフであり、アルフとはまた違ったもじゃもじゃの髭《ひげ》と、なぜかやけに棘《とげ》の多い鎧を店の中で着ている点がとても印象的だ。

「あぁ、長い昼寝から目覚めたところだ……何があったか今度ゆっくり話したいところだが、それよりも彼らのギルド登録をお願いしたい……紹介しますマスター。このギルド・エンキドゥのギルドマスター、ガドックだ」

「おう、昼には見ねえ顔だな……駆け出しか？」

「ええ、初めましてガドックさん、ウイルといいます」

「ティズよ」

そう挨拶をすると、ガドックさんは僕達を吟味するかのように眺め……髭の中から真っ白な素敵な歯を見せて笑顔を見せる。

「冒険者にしちゃちょいと行儀が良すぎるが、まあいいさ！　ようこそお二人さん、地獄の沙汰もつながり次第。ギルド・エンキドゥはお前らみたいな命知らずを歓迎するぜ」

ガドックはわざわざ腕組みをしてポーズを決めた後、大声で歓迎の言葉を述べてくれる。

にっかりと笑った口元、手入れのされていない髭から覗く白い歯は、やっぱり素敵だった。

「登録はどうやってすればいいんですか？」

「そんな難しいことを考える必要はねえさ！　ただここに名前を書いて、俺に渡してくれりゃいい……ああ、それとついでに冒険者であることが分かるものをしっかり提示してくれ」

「国から貰った冒険証で大丈夫ですか？」

「かまわねえ」

そう言うと、ガドックは二枚の羊皮紙と跳ねペンを手渡してくれ、僕はそのまま誓約書と書かれたギルド登録用紙に名前を記入し、冒険証を手渡す。

ガドックは二秒ほどその冒険証と登録用紙を見つめると、またもやにっかり笑って冒険証を返してくれた後、登録用紙を丁寧に「新規」と書かれた木箱の中に保管する。

豪快そうに見えて意外と細かい性格らしい。

「さぁて、歓迎するぜ！　新米冒険者よ！　あの偏屈サリアに選ばれたくらいだ、お前がアンドリューをぶちのめしてくれるのを心から期待しているぜ！」

どうにもこのノリについていけない自分がいる。

「まっかしときなさいよ！　あたし達にかかればちょちょいのちょいなんだから！」

そしてノリノリなパートナーもいた。

「ふふ、実はなガドック、今日は早速クエストを受注したいと考えているのだが、何かいいクエストは出てないか？　できれば一階層のクエストを受けたいのだが」

「おお！　それなら丁度、難儀なクエストが昨日できちまってな！　誰もやりたがらねえ仕事なもんで頭抱えてたんだ！」

「難儀な仕事？」

「ああ、最近オークが繁殖期ってこともあって、早速迷宮に巣をこさえやがったんだ」

「それなら知っているわ、近くを通ったからね」

「そうか、それなら話が早い。実は昨日そのオークの巣に女冒険者が連れ去られるのを見たって報告があってなぁ。放っておくわけにもいかないから、ギルドからそのオークの巣の討伐と少女の救出をクエストで出したんだが、いかんせんオークの巣は低レベルの冒険者は難易度が高いと断るし、下層の奴らは割りに合わないと突っぱねちまう……話を聞いて依頼まで出して放っておくってのも後味が悪くて困ってたんだが、良ければ受けてくれねーか？　報酬は勿論弾ませてもらうからよ」

「オークの巣に女性が？」

「あぁ、見たって奴が報告に来てな。仲間は殺されたんだろう、誰もいなかったそうだ」

助けを求める女性……助けられるのは僕達だけしかいないとガドックは言う。

ならば、迷う必要はない。

「このクエスト、受けよう」

僕は特に深い内容も聞かず、二つ返事で答えを出す。

ティズとサリアは呆れるかと思いきや笑みを浮かべて首を縦に振ってくれる。

「アンタならそう言うと思ってたわよ。本当、女が絡むとすぐに首突っ込むんだから」

「マスターのお心のままに、迷宮の果てまで、貴方の剣となり盾となりましょう」

「が――っはっはっは！　随分ほれ込まれてるな兄ちゃん！　うし、じゃあお前達にオークの巣の討伐クエストを一任する！　成功条件はオークの巣の壊滅と目撃情報にあった少女の救出だ。死体であった場合、復活代金はこちらで持とう！」

「さすが、太っ腹だな」

「みすみす金の卵を消失なんざさせねえさ！　もちろん、お前達もな！」

そう言うとガドックは力強くクエスト用紙に赤い受注済みという印鑑を押し、僕達の肩を叩く。

「頼んだぞ！」


クエストを受注しました。

【クエスト】　オークの巣の殲滅《せんめつ》

達成条件　オークの巣の殲滅及び囚《とら》われた少女の救出（生死問わず）

◇

「さて、これからオークの巣に入るわけだけど」

エンキドゥの酒場から出て、僕達はそのまま直接迷宮の中へと入り、オークの巣の傍《そば》までやってきた。

気配をできるだけ消して、オークの巣と思《おぼ》しき場所を見ると、迷宮一階層東側の大部屋に繋がる扉の前に、見張りのオークが二体立っており、しばらく様子を見ると何体かのオークが出入りを繰り返している。

どうやらここがオークの巣で当たりのようだ。

初めてのクエストに僕は息を呑《の》む。

いつもと同じなはずの迷宮の空気が、少しだけ重い。

今までとは違う……迷宮を探索するのではなく、自ら敵のど真ん中に強襲を仕掛けるという目的と危険度の違いも、僕を緊張させている要因の一つなのだろう。

僕は後ろの二人に気付かれないように、こっそりと深呼吸をして自分を落ち着かせた。

「オークの巣へ突入を仕掛けましょう。繁殖期とはいえオークです。レベル3のマスターなら危険もないでしょうし……正面突破です」

「女を人質に取られても生き返らせりゃいいだけだからね。代金ギルド持ちだし……まぁ灰になったらそのときはそのときということで」

「ちょっと待ってよ二人とも!?　流石に考えなしすぎるでしょ！」

サリアとティズはそのまま正面突破する気満々のようで、僕の発言に首なんかかしげている。

サリアはまぁ分かるけど、ティズ、君は僕と同じ貧弱パーティーの一人なはずなのにどうして余裕そうな顔しているのだ？　なにかまだ力を隠しているだけなのか？

「何か策でもあるのですか？　マスターの力ならば、策など唯の時間の浪費にしかならないかと」

「買いかぶりすぎだよ……僕がいくらレベル3だからって、囲まれたらどうしようもないさ……せっかくメイズイーターがあるんだから、手薄になっている巣の裏側を叩こうよ……まさかオークたちも崩れた壁から敵が侵入してくるなんて思わないだろうし。うまくいけば後ろを取って混乱しているところを楽に制圧できるかもしれないし」

「なるほど、確かにそれならば大勢の敵と戦うリスクも少なくなる……」

「でも、壁なんか壊したら音でばれちゃうでしょ？　ただでさえ壁壊したときに大きな音が出るんだから」

「そこでサリアの魔法だよ。昨日教えてくれた、音を消す魔法」

「あぁ、消音《カーム》の魔法ですね？　確かにこの魔法をかければ、そのかけられた人間から発せられる音は軽減されます……百パーセントでは勿論ないですが、流石《さすが》はマスター、得た知識をすぐに戦略に組み込むとは……軍師としての才もお持ちだとは」

「本当にアンタウイルのことに関しては底抜けにポジティブよね……」

きらきらと輝く瞳で僕を見つめるサリアとため息をつくティズは対照的に映ったが、どちらも作戦に関しては肯定の意思を示していたので話を続けることにする。

「うまくいけば、囚われている冒険者を先に救出できるかもしれないからね、できれば女の子が傷つくところは見たくないし」

「マスター……流石です」

「とりあえず作戦に文句はないわ……正面突破よりかは確かに早く片付けられそうだし」

全員の意思が同じ方向を向いたところで、僕は早速作戦を開始する。

「よっし、それじゃあやろうか！」

「やりましょう！」

「やってやるわよ！」

そういうことになった。

◇

【密《ひそ》やかなる秘め事の言の葉《ことのは》よ、神にこの戯言《ざれごと》が届かぬよう、悪戯《いたずら》に神秘を模倣せん、穏やかなる神の心は隠されたる真実のもとに……消音《カーム》】

呪文の詠唱を終え、サリアは僕にカームの呪文をかける。

「んっ」

「どう？　初めての魔法体験は？」

「ええとなんていうか、特に何も変わった様子はない気がする」

「そうでしょうね、カームは基本的にマスターの体に変調をもたらす魔法ではないですし、一人で使うと効果が発動したのか失敗したのか分からない魔法ナンバーワンに選ばれているほどの呪文です。通常は地味で殆どの僧侶は使おうとしませんから」

「そうなの……でも今回はこの能力のおかげで敵との遭遇は避けられそうね」

ティズは満足そうに呟くと、自作の地図を取り出し、オークの巣への近道を提示してくれる。

メイズイーターの能力で儲けることは諦め、最初に言っていた地図作りで儲けるというプロジェクトを再燃させたらしい。

ある意味この妖精もたくましい。

「オークは匂いに敏感です。特に二日酔いのティズは存在が気付かれやすいでしょう……少し離れたところから迂回する形で、メイズイーターで巣の裏手まで進んでいくという方法がよいと思います……」

「そんなに匂うかしら？　ねえウイル？」

「とても」

「紛れもなく」

「あう」

流石のティズも反論ができなかったらしく、高度を落としてフラフラと落ちていく。

「では、早速行きましょうか。作戦は北側の裏手から壁を破壊して強襲……でいいですね？」

「うん、問題ないよ」

「じゃあ、ウイル！　お願い」

「任せて！」

ティズの言葉を合図に、僕はメイズイーターを起動させる。

【ブレイク！】

この前気付いたことだが、このスキル、メイズイーターは今のところ壁を破壊することと、壊した壁を直すことができる。

そして、その能力は実は頭の中ではっきりとどちらを使用するか決めていれば、必ずしもスキル名を叫ぶ必要はない。

　しかし、スキル名は叫んだほうがかっこいい。

　そして、壊すのも直すのもどちらも【メイズイーター】では味気もないため、僕は壊すほうのスキルを【ブレイク】、直すほうのスキルを【リメイク】と名づけた。

　なぜか、たくさんスキル名を叫んでいたほうが、あたかも色々なスキルを習得しているみたいだからだ……。

　スキルをまだこれしか覚えていない人間のちょっとした見栄である。

　ガラガラと壁が崩れる音が迷宮に響き渡ったような気がしたが、恐る恐る見張りのオークの様子を一度確認してみても気付いている様子はない。

　どうやらサリアの魔法はしっかり効いているらしい。

「行きましょう」

「ええ」

「うん」

　サリアの言葉と同時に、僕達はメイズイーターで壁を壊しながら回り込むようにしてオークのいる部屋の裏手に回りこむ。

　瓦礫があちこちに散乱していて少し歩きにくいが、移動が困難なほどではない。

「そういえば」

景気良く壁を破壊していく中で、ふとティズが言葉を漏らす。

「繁殖期のオークだけど、なんで人間を襲うの？　食べるため？」

「そこまでオークは野蛮な生き物じゃないよティズ」

「じゃあなんでよ？」

「なんでって、勿論繁殖するためだよ」

「え？」

「オークは繁殖力に秀でた代わりにメスが存在しない種族でね。神様の次に繁殖力が強いとも言われている生き物で、全ての種族と子どもを作ることができるんだ。だから、この時期になると人間だけじゃなくて、コボルトやスライムも襲って子どもを作ろうとするんだよ。だから危険度が増すんだ」

「え。そんな恐ろしい魔物だったの？　オークって」

「ええ、しかも生まれる子どもはこぞってオークなので、襲われたほうは洒落《しゃれ》になりませんね……」

「そんなところの巣なんて女性としては絶対に行きたくないわね……」

「ですので気をつけてください……危険なので」

「なんでアンタは除外されてるのよ。あんまり慢心してるとアンタこそ危ないんじゃないの？」

「いやいやティズ、それは違うんだ。サリアはエルフだから、襲われることはないんだよ」

「そうなの？　なんでよ？　エルフの聖騎士なんて一番絵になるじゃない」

「オークとは逆に、私達エルフはエルフ同士か、神の血を引く人間としか子孫を残すことができないのです。先ほどマスターがオークの繁殖力は神の次と言ったのはそのためですね。そしてそれはオークも本能的に理解しているのか、オークが繁殖期にエルフを襲うことはありません。彼らにとってエルフはとても醜悪な顔に見えるらしいですよ？」

「へぇ……あれ？　ということはこの中でオークに襲われる可能性があるのって、私だけ？」

「はい、当然妖精とならばオークは繁殖可能です。大半は死にますが」

さらっと怖いことをサリアは付け足した。

「嫌ああああぁ！　これでも一応女なのよ！　そんな死に方絶対に嫌!?　ねぇウイル、今からでも引き返しましょうよ。無理でしたって、ごめんなさいしましょう！　私も謝るから、むしろ私が謝るから！」

ティズは懇願するが、そんなティズに僕は笑顔を向けて。

「だぁめ」

優しくその願いを却下する。

「あぅあうぅ……嫌だからね、絶対そんな死に方嫌だからね！　守ってね！　守ってくれるわよね!?　ウイル！」

「安心してくださいティズ、私とマスターが付いてる」

「そうだよ……前に言ったでしょ？　君を助けるって」

「ウイル……ひしっ！」

ティズは半べそをかきながらいきなり僕の腕にしがみついてくる。

「ウイル～！　最近色んな女の影がちらついて浮気されるかと心配だったけれど、やっぱりウイルは私のものなのねえ～!?」

いつから君のものになったかはわからないけど、否定すると今僕の洋服に付けられている鼻水が倍の量になるのでとりあえず頷いておこう。

「さて、仲むつまじいことは良いことですがマスター、ティズ。目的地に来たようです」

サリアは地図を見ながらそんなことを言ってくる。

迷宮の壁も相当数破壊した。願わくはアイテムの一つくらい出てきてくれても良かったのだが、どうやらそう簡単に事は運んでくれないようだ。

「わかった。じゃあ開けるけど、準備はいいかい？」

「ええ」

「いつでも大丈夫よウイル！」

ティズの声がほんのり甘いのが少し気になったが、とりあえず僕はメイズイーターを起動する。

【ブレイク！】

いつものようにガラガラと崩れる壁、しかし先ほどまでとは違うのは、その先に炎より発せられたオレンジ色の光が瓦礫の向こうから差し込んでくることだ。

「行くよ！」

サリアは剣を抜き、僕もホークウインドを構えて部屋の中へと突入する。

が。

「きゃあ！」

オークにしてはやけに愛らしく高い女性らしい声が響き渡る。

喩《たと》えるならば鈴を転がすような透き通った声だ……。

「む？」

「あれ？」

その目の前の声の主が少女であり、オークではないことに気が付くのにはそう時間はかからなかった。

◇

目の前に倒れる小さな少女。

白い髪に少し赤い髪の交ざった容貌に赤い瞳。

洋服は赤と黒を基調としたローブであり、サリアとは色々な意味で対照的な感じがする。

「……えと、君たちどこから来たの？」

きょとんとした表情で中にいた少女は僕達に問いかける。

「いしのなかからよ」

「へ？」

少女は色々と混乱しているらしく、背後の破壊された壁と僕達を見比べながら理解不能といったような表情をする。

当然だ、僕達は今彼女の理解できる範疇《はんちゅう》を超えた場所からやってきたのだから。

「マスター、どうやらここは独房のようです」

サリアはそんな目の前の少女が眼に映っていないかのようにあたりを見回して、呟くように報告をする。

「ということは、この子がオークに摑まったって女の子？」

「みたいね」

「幸運でしたね」

一晩たっているため、もっとオークたちに手ひどく痛めつけられているものと覚悟をしていたが、幸い怪我一つなく元気そうだ。

「えっと～、なんの話をしているのか分からないんだけど、とりあえず自己紹介しておくね～！」

僕達の登場に困惑気味にキョトンとしていた少女は、不意に立ち上がりそんなことを言ってきた。

「私はシオン！　冒険者をしているアークメイジだよ！　レベルは10で、得意な魔法は炎系の呪文だよ、よろしくー！」

美少女が囚われている独房かと思ったら、化け物を捕らえておく檻《おり》だった。

「あ、アークメイジですって!? しかもレベル10って、なんでそんな化け物レベルの魔法使いがオークなんかに捕まってるのよ」

「ふっふっふー、それには深いわけがあるのだー」

「深いわけ?」

ごくりと息を呑む。

オーク達と、この少女に一体何が……。

「私は下層を目指して旅をしていたのだけれどもあら不思議、生きているかのごとき巧妙な罠にかかり助けを待っていたところ、救いの手が差し伸べられたかと思って手を伸ばしたらオークに生け捕りにされてしまったのだよ!」

要約・迷宮一階層で迷子になった挙げ句に罠にかかり、オークに助けられて捕まった。

「……」

ダメだこの人。

色々ダメな奴だ。

「まぁそれで、繁殖期のオークも面白いなーってこの部屋から観察をしていたら、君たちが現れたってわけ」

「面白いなーってアンタヘタしたら襲われてオークの子どもを生まされるところだったのよ!?」

「あーそれは大丈夫だよ。いざとなったら私の炎熱魔法で一網打尽だから!」

「肝心の杖を奪われてもか？」

……………………………………………おぉっと？

「ああああああああぁ！　なんで!?　ない!?」

なぜ気付かない。

そしてどこの世界に武器を手に持たせたまま敵を独房に監禁する馬鹿がいるのだろうか。

ダメだこの人。いろんな意味でダメな人だ。

何がどうダメとかそういう次元ではなくて、もはや全体的にダメなやーつな人だ。

「どどどどどうしよう!?　ところで君たち誰？」

天然か？　天然なのか？

「えーと……僕はウイル、そしてこっちが」

「パートナーのティズよ」

「聖騎士のサリアだ」

「クエストボードでオークの巣の殲滅と、君の救出依頼を受けてやってきたんだ……無事で良かった」

「クエスト!?　私友達いないのに一体誰が!?」

更に残念、ぼっちも追加だ。

「ギルドマスターのガドックがどこかの冒険者から報告を聞いてギルドとして出したクエストだ。

幸運に感謝するんだな」

「うぅ、何たる幸運！　女騎士じゃないのに危うくオークたちのお母さんになっちゃうところだったよ～。この恩には報いなければいけないね！　このシオン！　レベル10冒険者として、微力ながらお手伝いしちゃうぞー！」

「杖もないのにか？」

「お願いしゃっす！　杖を取り返してください！　なんでもしますから！」

「じゃあ、盾にでもなってもらおうかしら」

慈悲はない。

「ふぁっ!?　生命力5のこの私に肉壁になれと!?　か弱いこの私を！」

「依頼内容は生死問わずだからね、大丈夫よ。ちゃんとクレイドル寺院で蘇生は試みてあげるから」

「試みるだけ!?　私もう寺院で三回灰になってるんだよ、次はないって言われてるの！　仮に奇跡が起きて生き返ったとしても生命力4なの。迷宮一階層のスライムと同じ生命力になっちゃうの!?」

ちなみに5はコボルトの平均的な生命力である。

とりあえず泣きながら懇願する少女が気の毒に思えたので、ティズの頭にチョップを喰《く》らわせる。

「ひぎゃっ！　何するのよウイル！」

「調子に乗ってるからだろティズ」

「だって何でもするって」

「ふざけすぎ。まったく……大丈夫だよシオン、君のことはちゃんと助け出すから。杖もまぁ、どうせオークの巣を殲滅しなきゃいけないから一緒に探してあげる。それでどうかな？」

「おおおお！　ウイル君！　ありがとー！　ありがと――――！」

「そしてこの依頼が終わったらこのお方のことはマスター、もしくはウイル様と呼ぶこと」

サリアも調子に乗っていた。

「あ、そういう趣味なの？　ウイル君」

そして変な誤解を受けてしまった。

「サーリーアー」

「も、申し訳ございません！　そういうつもりでは……」

サリアは慌てて弁明をするも、なにやら眼が泳いでいる。

もしかしてサリアの奴、僕を中心になんかそういう集団を作ろうと画策していないか？

これは一度問い詰める必要がありそうだ。

「とと、とりあえず！　先にオークの巣の殲滅を開始しましょう！　レベル10のアークメイジの火力は絶大です。杖を見つければその分楽に殲滅ができるでしょう」

あ、ごまかした。

「でもどうやって外に出るの？　ウイル様」

「頼むからウイルでお願いします。とりあえず扉には鍵が閉まってるみたいだけど……えい」

メイズイーターの能力で隣の壁を壊す。迷宮を構築しているブロックではない薄壁の場合は、僕の意思に応じて任意に壊すことができるのは、検証済みだ。

「!?　なっ」

本当はこの力がもれるのは防ぎたいのだが、いきなり独房に出てしまったのだから出し惜しみをしても仕方がない。

驚愕して魂が口から飛び出してしまっているシオンを横に、僕とサリアはオークの巣へと足を踏み入れる。

「これは……えぇ?」

「ウイルだけのスキルよ……ちなみに、このスキルのことを外にばらしたら、筋肉エルフがアンタの首をちょんぱしに行くからそのつもりでね」

「ちょんぱ」

「私、そんなに筋肉ないですティズ!」

その言葉に顔を青くするシオンもかわいそうだが、サリアも複雑そうな表情をしている。

「と、とりあえずはシオンの装備を探そうか」

色々と不安は残るが、とりあえずオークの巣の討伐開始である。

◇

「はあぁっ！」

「ぐがやあああ！」

悲鳴と同時に、二メートルを超える豊満な体が倒れ、死体となる。

この時期のオークは体が大きくなり力も強くなるというのが通説であり、常識でもあるが、マスタークラスのサリアにとってはものの数ではなく、湧いて出てくるオークを一太刀《ひとたち》のもとに切り伏せていく。

「ふお――！　強いねサリア！　エルフなのに！　すごーい！」

「魔法の授業サボって筋トレばっかりしてたからねぇ」

「さらっと嘘言わないでくださいティズ！」

先陣をサリアが切ってくれているおかげで、巣の内部は特に危なげなく進めている。

オークの巣はもはや集落というには少しばかり無理のある作りであり、迷宮の大部屋にテントなのだか良く分からない冒険者のローブや布切れを雑に組み合わせたものや、迷宮の小部屋をそのまま家として活用している所もあり、中は決まって藁や魔物の骨しか見当たらない。

あたりを見回してみても、お世辞にも家と呼べるものは存在せず、物は全て倉庫のような大きめな迷宮の部屋の先に押し込められている。

倉庫は、必ずオークの見張りがいるから分かりやすい。

「ぎゃあああああ」

居合わせた不運なオークを斬り伏せながら、僕達はシオンの杖や他に囚われている冒険者はいないかを探す。

「どうやらまだ、シオンの他に連れ去られた人間はいないみたいだね」

「そうみたいね。独房や家はあらかた見て回ったけど、誰かがいた気配も形跡もないし、まだ集落は作ったばかりなのね」

「それは幸いです。人質がいなければこちらも戦いやすい」

「ううぅ～　これだけ探しても杖がないよ～」

シオンは倉庫をあさりながら半べそをかいてそんな泣き言を言う。

倉庫らしき場所はあらかた探したが、出てくるものは剣や斧、それに汚らしい生活用品のみで、杖のようなものは一切見当たらない。

オークは魔法を使えないため、誰かが使用しているとも思えないし……杖を振るうぐらいならばオークは棍棒を振るう。

「何かに使われているのでは？」

「……老オークの孫の手に使われてたりして」

「い――――や――――――！　そんなの絶対嫌！」

「焚き火にくべられちゃったんじゃないのかしら？」

「それはもっと嫌！」

「嫌々言っていても仕方がないでしょうシオン。このままだと居住区から出てオークの集中している場所に出てしまいます。次でダメであれば諦めてください」

「ううぅ……お願いします！　あってくださいお願いします！」

「じゃ、じゃあ開けるけど」

オークの巣の奥にある扉の鍵を壊し、僕達は中へと侵入する。

つんとする臭いと共に、なにやら色々なものが干されているのが窺える。

倉庫とは違うその場所は、足元になにやら水のようなものが滴り落ちている。

これは……。

「洗濯場のようですね」

ボロボロの布切れのようなものはオークの服だった。

彼らにも一応洗濯という概念はあるようで、洗ったのかどうか不思議なくらい汚れてはいるが、確かに干された洗濯物からは水が滴り落ちている。

「迷宮内部で干すなんて、かび臭そうね……」

「仕方ないよ～、彼らも必死にこの迷宮に閉じ込められながらも生きて……ん？」

シオンはそう言うと、服が干されている物干し竿の中でも一番変な形をしている物干し竿を見やり。

「あああああああああああああああ！」

急に叫び声を上げる。

「どうしたの？　急に!?」

何か恐ろしい罠や魔物を見たのかと思い慌てて駆け寄るが。

「私の杖……あった」

そう言うとシオンはオークの服を床に投げ捨て、物干し竿の一つを取り出す。

確かにそれは魔法使いの使用する杖であった。

しかも、トネリコの木で作ったかなり上級な杖だ。

「うぅ、かび臭い……まさか物干し竿にするなんて……ぶっ殺してやる！」

杖を取り出した瞬間に、怒りであちこちに火花を飛ばさないでほしい。

「まぁ、見つかって何よりです……あとは、この巣の中のオークを殲滅するだけですが」

「この娘にも手伝わせましょ？　助けてやったんだからそれぐらいしてもらわないと……というより」

「私の愛する杖を……唯一の友達をおおお！　焼き尽くしてやるー！」

「放っておいてもやる気満々よ、この娘」

気が付けば火花が火柱になっている。彼女の周りだけ燃えているが、なんという魔法だろう。

「たしか、炎熱系魔法が使えると言っていましたね。範囲攻撃、殲滅魔法は放てますか？」

「今なら何発でもぶち込めるよ！」

「頼もしいですね」

サリアは口元を緩めてシオンの肩に手を置く。

「何か策でもあるの？」

「ええ、今日は早く帰れそうですよ？」

「本当？」

「任せてください！」

そのサリアの自信満々な表情に、僕は一抹の不安を覚えるのだった。

◇

「準備は大丈夫ですか？　シオン」

「うん、怒りに燃えた私のハートを、もはや誰も止めることはできないよ！」

「いよっしゃ！　じゃあ、派手な花火をドカンと打ち上げるわよ！」

「不安だ」

なぜかすっかりと意気投合してしまった様子の三人組は、のりのりで陣形を組んで大魔法を放つ準備を開始している。

「えーと……本当にやるの？」

一抹の不安を覚えながら、僕はサリアに問いかけるも。

「安心してください！」

サリアはそう力強く笑いかけてくる。

「少し冷静に考えたほうがいいんじゃないかな？」

「ウイル君心配しすぎだよー！　私の魔法があるんだよー？」

「その君が一番不安の種なんだけど」

「マスター、私を信じて」

マスタークラスの聖騎士サリアさんが提唱した作戦はこうだ。

まずオークの巣の広間で騒ぎを起こし、オークたちをおびき寄せる。

適当に二、三匹あしらった後は、壁の近くまで走って逃走、僕はメイズイーターの能力でオークの巣から脱出をする。

そして僕が脱出をした後にシオンが殲滅魔法をズドン。

残った敵をサリアが殲滅……単純かつ効率の良い作戦ではあるが。

この作戦、オークに取り囲まれた僕が、その包囲網を突破してオークの巣から脱出しなければならないという大きな難関が用意されている。

「いや、疑っているわけではないんだけど」

というか、サリアがいるのだからこんな危険なことをしなくてもオークの巣は殲滅できるのに。

ちらりとサリアを見てみると、まぶしいまでの笑顔。

僕が失敗をするなど露ほども思っていない表情だ。

そんな眼で見ないでくれサリア、そんな眼で見られたらできないなんて言えなくなっちゃうじゃないか。

「大丈夫！　ウイルならできるわよ、自信持って」

あ、ティズの奴、自分は安全地帯にいるからって。

「何を言っているのですかティズ、貴方も行くんですよ？」

「へ？」

「繁殖期のオークの囮《おとり》として、私では彼等の襲撃対象にはなりません。シオンは当然行かせられません し、ティズしかオークの囮になる人は存在しません」

「えええええええええ!?」

「大丈夫ですよ、そのためにマスターも同行するのですから、心配はありません」

「いやいや!?　心配しかないわよ！　もしウイルが途中で死んじゃったらどうするのよ？」

「集まったところで魔法をぶっ放すよ！」

「くおらあぁ!?　そこは助けに来なさいよ！　こんなのふざけてるわ！　ウイル、アンタもなにか……」

「ティズ、行こうか」

この分だと、襲われるのはティズだけで済みそうだ。

「ちょっウイル、アンタまさか……いざとなったら私を置いていけば大丈夫とか思ってるでしょ」

「ソンナコトナイヨ」

「思ってらっしゃる！　その顔は思ってらっしゃる奴だ!?　ちくしょー、死んだら化けて出てやるんだから!?　夜な夜なアンタの枕元で呪いの歌をささやいてやるんだからあああああ！」

「亡霊は迷宮の結界を突破できないから、頑張ってね、ティズ」

「この人でなしいいいいい！」

叫ぶティズの羽をつまんだまま、僕達はオークの居住区を出て、作戦を開始する。


オークの居住区を抜けると、そこには広場があり、居住区とは比べ物にならない数のオークがそこにいる。

少し広めな迷宮の一室に大きな焚き火を置き、煌々《こうこう》と迷宮内を照らし、そこを中心にオークたちは集まって生活をする。

居住区という言葉を先ほど使用したが、オークは基本群れで生活し、繁殖期になれば全員が全員こうして広場で一日の大半を過ごす。

居住区はあくまで寝るためだけのスペースであり夜のみに使用されるため、先ほどは騒ぎになることなく居住区を制圧できたのだが、広場は違う。

視界を疎外されるものはなく、必ず全員が三～五人で固まって行動をしているため、どう動いても見つかってしまう。

「ティズ、サンライトを消して」

広場の陰で僕は相棒のティズにそう言うと。

「光らない妖精に意味なんてあるのかしら」

そんな軽口を叩きながらティズは渋々魔法を消し、僕の肩に座り、オークたちの様子を窺う。

各焚き火で、一組は魔物の肉を焼き、別の一組は武器を作り、もう一組は迷宮の壁に張り付いたどこに幹があるのか分からない木の根を乾燥させて薪を作っている。

原始的ではあるが、一応集落としては機能しているようで、シオンではないが確かにその生体には興味を惹かれてしまう。

「で、どこから攻めるのよ」

「あ、うん……まずはできるだけ近場の……あそこで食事をしているオークを狙おう」

ティズの質問に僕は目的を思い出し、ホークウインドを抜く。

ほぼ広間の中央……魔物の肉を焼き、食事を作っている最中のオークたちを狙い、そこを騒ぎの中心地とすることに決める。

周りに注意を払いながら、僕達はオークに接近する。

何の魔物の肉だかは知りたくないが、香ばしい香りがあたりに充満しているため、僕やティズの酒の臭いにオークたちは気付く気配はなく、思ったよりも近づけた。

これなら……。

「先手必勝！　でああああ！」

一体のオークにバックアタックを仕掛け、肉に喰らい付くオークへと一撃を叩き込む。

「があぁぁ!?」

悲鳴を上げながらオークは倒れ、緩慢なオークたちの意識も目の前の焼けた肉から新しく誕生した肉塊へ、そして招かれざる来訪者へとうつる。

「があああああああああああああああああああ！」

咆哮《ほうこう》。

繁殖期のオークたちはまさに飢えた狂戦士というイメージがぴたりと当てはまる。

敵の襲来と仲間の死に臆することも動揺することもなく、隣のオークは剣を取り僕へと走る。

「あっぶなっ!?」

振り下ろされた剣をかわし、オークの頭にホークウインドを突き刺し、二体目も倒す。

「あぁぁ、おっぱじめちゃったぁ！　もうこうなりゃヤケよ！」

ティズはそう言い半ばやけくそ状態で飛び上がり。

「サンライト！」

切っていた光の魔法を上空で発動し、上手《うま》くオーク広場のオークの注意をひきつける。

「がぁ」

「おおおおあぁ♪」

しかし、明確な敵が目の前にいるというのに、女性に興味と関心をすぐに奪われるあたりはさすがオークといったところのようだ。

「まぁ」

そっちのほうが好都合だけどもね！

眼を奪われ、フラフラとティズのほうへと息を荒らげて、僕に背を向けて向かっていく二体のオークにバックアタックを喰らわせ、絶命させる。

「があぁぁ」

「うっわわ!?」

倒れていくオークの陰から、手斧が横なぎに僕へと迫る。

騒ぎを聞きつけてきたのか……ティズに釣られてオークの数が増えてきた。

大半はティズに心を奪われているものの、やはり戦闘態勢を取るものも多く、ぱっと見ただけでも二十体のオークが僕に殺気を放っている。

この程度なら……もう少しいける。

「やーい、いくらでもやってきなさいよ！　アンタ達なんてウイルがやっつけてやるん……」

瞬間、迷宮が揺れる。

「だか……あらららら？」

迷宮内の部屋から現れる強大な体躯《たいく》にうなり声……木製の扉を破壊しながら現れたそれはオークではなく、オーガだった。

「どど、どうしてこんな所にオーガがいるのよ!?　四階層の魔物でしょ！　てかなんでオークの巣にこんなのがいるのよ」

「それはねティズ、オークは外の世界では外敵から身を守るためにオーガと一緒に暮らす習性があるんだ。オーガは強いけどその分動きがとろいし大きすぎて食料を集めるのは苦手だから、オークのボディーガードとして働いて食いぶちを稼ぐんだよ」

「分かりやすい解説ありがとう！　でも冷静にウンチク垂れ流している場合か！　でもなんでこの

タイミングでそんなのがオークの巣にいるのよ、ここは迷宮なのよ！」

「それは運が悪いからだよ」

「犯人《サリア》あいつかあああぁ！」

振り下ろされる棍棒は、集会場の焚き火を破壊して迷宮の大地を抉《えぐ》る。

迷宮の床の上に敷き詰められた土と、薄い石畳は棍棒によりひび割れ破壊され、風圧でオークを数体吹き飛ばしながらクレーターを作る。

「ちょっと……どうするのよウイル」

「どうするって……もう少し時間を稼がないとだし……戦うしか？」

『があああああああああああああああああああああ！』

「っむり！　逃げるよティズ！　作戦開始！」

「全力をもってイエッサアアア！」

壁に向かい、僕とティズは全力で疾走を開始する。棍棒の一撃はオークを正気に戻させるためのものだったのか、オークは発情したときの高い声と、殺意の籠《こも》った低い声を混ぜ込んだ奇声を発しながら、オーガと共に僕へと走る。

いつの間にか騒ぎを聞きつけたオーク達も恐らく巣全体から集まってきており、四方八方から現れるオークに囲まれつつあった。

「突破するよティズ！　しっかり摑《つか》まって」

「言われなくても！」

広場へと集合するように集まったために自然に形成される鳥籠、僕は一度あたりを見回し、一番手薄な部分に突撃をする。

「がっ！」

ティズの姿に、冷静な判断を下すことができなかったオークの中途半端な一撃をホークウインドで僕は弾《はじ》き飛ばし、返す刃《やいば》で腕を斬り落とす。

「道を開けろぉ！」

体を翻し、その隣から迫り、棍棒を振り上げたオークの胸部を斬る。

浅い……が、オークは脇の腱を斬られ、力なく棍棒を取り落とす。

道は開いた。

「っよし！　脱出だ！」

壁に向かってひた走る。

「ばあああああ！」

「ちょっ!?　ウイル！　後ろ後ろ！」

「わわわわわ！」

緩慢なオークよりも動きが鈍いといえど、この閉じた空間では、一歩が大きいオーガには簡単に追いつかれてしまう。

気が付けば僕達の背後には巨木のような棍棒が迫っていた。

その速度はとても速く、風切り音は角笛でも吹いているかのように重く低く響く。

迫っている、それだけで空気を振動させているそれは、触れただけでも全身が木っ端微塵になることを簡単に予測させる。

「やばいって!? 早く、ウイル早く！」

半泣きでせかすティズだが、僕だって既に全力で走っている。

「っく!? メイズイータアア！」

壁へと手を精一杯伸ばし、僕はスキルを発動する。もはやつけていた名前とかそんなものなど忘れてしまうほどの慌てっぷりは無様でもあったが、そんなことを気にしている暇はない。

崩れる壁に、迫るオーガの棍棒……もはや足の一本は仕方ない！

「ふうおあああ、届けええええ！」

絶叫に近い台詞《せりふ》と共に崩れた壁に向かって飛び込む。


迷宮が再度揺れる。

三メートルを超えるオーガが、巨木に等しい棍棒を力の限りにたたきつけたのだ。

またもや迷宮の仮初めの大地には亀裂が走り、ただでさえ反響する迷宮内での轟音が、龍の嘶き《いなな》よりも騒がしく響き渡る。

「ぐっ……ぷはあああ」

崩れた瓦礫の山から這い出し体を起こしてみると、つま先ぎりぎりの所にオークの棍棒が見え、迷宮の壁にあいた穴の中に僕はいた。

「……あぶなかった、後数センチ足りなかったら足がなくなってたよ」

僕は目前のオーガの棍棒と、自らの想像にぞっとする。

「何ぼうっとしてるのよアホウイル！　早く逃げるわよ」

呑気に呆《ほう》けている僕に、肩に摑まっていたティズはぺしぺしと頭を叩く。

ティズの言うとおりだ。

地響きでオークたちが身動きが取れなくなっている今の内に……サリアに合図と脱出を。

「ティズ、お願い！」

「ほらね、私の大声だって役に立つときもあるんだから」

「早く！」

「分かってるわよ、んじゃまさっそく！」

思い出したかのようにゆっくりと動くオーガの棍棒。

それを見送りながら、ティズは大きく息を吸い込み。


「やっちゃいなさいバカエルフ――!!」


正面突破よりもよっぽど危険な道を歩かされた恨みも込めてそう叫び、迷宮内を震わせ。

【リメイク！】

同時に僕とティズはオークの巣から脱出をした。

◇

「やっちゃいなさいバカエルフ――!!」

「あらら、随分ご立腹みたいだよ?」

「みたいですね……ですが元気そうで何よりです。それよりも行けますか?」

「もっちろん、私の杖をかび臭くしてくれたお礼は、百万倍にして返してやるんだから!」

愚問だと言わんばかりに、シオンは魔術の詠唱を開始する。

【其《そ》は、始原にして終焉の受け継がれし火、我と共に歩むは始原の火を継ぎしもの。我が言の葉に応え、その身にともる炎熱を滾《たぎ》らせよ! その力をもってして、愚者に終焉をもたらさん】

「ちょっ!? 待ってくださいシオン! それってメル……」

「ぶっ放すよ!」

杖を大きく振りかぶり、シオンはまるで津波のようなでたらめな魔力を一気に練り上げ。

【メルトウエイブ!】

放出する。

「えー……」

ほとばしる魔力の奔流は荒々しく、離れた壁へと集まったオークたちへと集い。

爆《は》ぜる。


大爆発などという生易しいものではなく、原初の炎《太陽》がオークたちの身を文字通り焼き尽くす。

距離は結構離れていたはずなのだが、彼女の魔力量はすさまじく、威力が損なわれるどころか通常よりもはるかに大きな核爆発が広場で起こる。

焼かれるのがその身だけならばまだいい。その原初の炎は、魂さえも融解し消失させる。

後に残るのはその肉体があった場所の影のみ。

圧倒的な破壊……それが、魔術師の持つ最高の攻撃魔法。

核撃魔法とも呼ばれる、魔術師が到達する究極魔法《アルティメットスペル》【メルトウエイブ】だ。

迷宮十階層、アンドリューでさえもその身に一度受けただけで絶命寸前まで追いやられた魔法。

それを使える魔術師が一階層でオークに捕まっているというのも驚きだが、何よりも核撃魔法をオークに使うだろうか……普通。

私は浮かんだ疑問と同時にシオンを見たあと、もう一度オークの巣の広場を見る。

燃えないはずの迷宮の壁や床から未だに炎が上がり続け、オレンジ色の光であふれる広場の様子はもはや大惨事。

果たしてここまでやる必要があったかどうかは甚だ疑問である。

だが、その魔力量は本物で、洗練された美しさなど欠片《かけら》もないが、魔力量だけならばアンドリューでさえも舌を巻くだろう。

そんなレベルの魔法使いが、私と同じく偶然マスターのもとに現れた……本当にこれは偶然なのか……私はそんなことを考えながら、再度シオンに声をかける。

「火加減を間違えたか？」

「魔法とはノリと勢いだよ！　怒りが溢れればスライムだってメルトウェイブは避けられない！　ついでに仲間も避けられない！」

「あぁなるほど。何で一人かと思ったら、あなた、追い出されたんですね」

「ほうあ！」

どうでもいいことが判明した。

◇

【リメイク！】

破壊した壁を修復し、少し遅れて響き渡った轟音に作戦の成功を悟る。

「どうやらやったみたいだね、ティズ」

「のようね……作戦で攻略が簡単になったかは甚だ疑問だけど」

どっと疲れが溜まった気がして、僕はそのまま迷宮に座り込む。

は〜……普通に真っ向から戦っていたほうが良かった気がする。

「酷《ひど》い目にあったわ」

ティズもティズで息を切らしながら、僕の肩の上で寝そべってダウンをしている。

「とりあえず、サリアと合流しないと」

「そうね……」

重い体を引きずって、僕達はサリアとの待ち合わせ場所へと向かう。

あれだけの爆発音が響くということは、オークの生き残りがいるとは考えにくいが、万が一のことを考えてホークウインドは抜いたままにしておく。

メイズイーターで穴を開けても良かったが、どんな魔法を使ったか分からず、まだ効果が持続しているかもわからないので、作戦通りとりあえずオークたちが見張りをしていた正面でサリアを待つことにする。

居住区を調べてみても、めぼしいアイテムも宝箱もなかったし、オークの巣では恐らく探索をすることは無意味であろう。

とりあえずは、オークの巣の殲滅はこれでひと段落である。

「あー疲れた……ここで座って待ってましょ？」

ティズはそう言うと、オークの巣の正面前に座り込む。

「そうしようか」

僕もその言葉に賛同し、胡坐《あぐら》をかいてサリアとシオンを待つことにする。

と。

「ん？」

迷宮の奥深く、ティズのサンライトの効力も届かない闇の中に、この洞窟には似つかわしくない道化師の姿が見えたような気がする。

「どうしたの？　美人巨乳の幻覚でも見えたの？」

「いや、なんかピエロが」

「はぁ？　なんでこんな所にピエロがいるのよ……まさか頭でも打ったの？」

「いやまぁ、確かにそうなんだけど」

心配そうな表情をするティズに言われ、もう一度同じ場所を見てみると、そこにはやはり先ほどのピエロは存在していなかった。

気のせいだろうか。

「見えなくなった」

「良かった、正気を取り戻したのね……」

「……」

しかし、どうしても僕にはあれが幻覚だとは思えない……根拠はないが、あの不気味な笑顔が、頭から離れずにいる。

と、そんなことを考えていると、背後の扉が開く。

「ふっふー！　シオンの凱旋で～す！」

開いた扉から当然だがシオンとサリアが現れる。

何故だろう、オークの巣の中がとんでもない火炎地獄になっているんですけれども。

一体何をしたんだろうこの二人。

「お待たせしましたマスター。彼女のメルトウエイブの効果が弱まるまで時間がかかり、戻ってくるのが遅くなってしまいました」

メルトウエイブって、あの密室で核爆発かましたのこの子!?

「アンタ、オークにメルトウエイブ撃ったの!?　頭いかれてんじゃない？」

ティズの突っ込みに、シオンは誇らしげな表情を見せ、

「そんなことないよー！　魔法は撃ちたいときに撃ちたいものを撃つ！　魔力ではなく心で撃つのが魔法なのだよ！」

自信満々に胸を張りつつ宣言するシオン。

あぁ、やっぱり残念な人だったんだ……美人だけど。

「さてマスター。今日のところはこれくらいで引き上げましょう。初クエストも無事に成功したことですし、彼女を送り届けて解散としましょうか」

シオンの発言にサリアは苦笑いを浮かべてそう宣言をする。

相当帰ってくるのが大変だったのだろう……だって核の炎だもん……あれ。

僕とティズは顔を見合わせ、サリアの作戦については不問に付すことを無言で決める。

「帰ろうか」

「そうですね」

「そうね」

「わーいやったー！　凱旋だよ〜！」

そういうことになり、僕はため息を一つついて帰路に就く。

もう二度とサリアの作戦には従わない……そう心に決めながら。

◇

「おお！　もう連れ戻してくれたのか⁉　感謝するぜウイル！」

ギルドに戻るとまだ太陽は高々と空に輝いており、ギルド長ガドックが僕達を出迎えてくれた。

時間としては短かったが、疲労は一日中迷宮に潜っているよりもハードに感じられる。

「クエストって本当に疲れるんですね」

「自ら敵の中に飛び込んでいくようなものですからね、クエストというものは」

とサリアは言ったが、単身で突っ込ませたのは彼女である。

「まぁでも、その甲斐はあったんじゃないの？」

しかし、一番危険な目にあったはずのティズは喉元を過ぎればなんとやらを体現するかのごとく満面の笑みを浮かべながら、ガドックが手渡してくれた金貨袋に頬ずりをする。

危険極まりなく、本気で死ぬかとも思ったが、ふたを開けてみれば無傷で短時間にクエストをクリアすることができ、報酬も金貨三十枚と予定よりもはるかに多額の金貨が僕達に与えられた。

「迅速な殲滅の報酬に、無傷でお譲ちゃんを救出してくれた分の追加報酬さ！　満足なんてものじゃない。パーフェクトだウイル、サリア、それにティズ！」

「ありがとう、ガドック」

嬉しそうにガドックは金貨袋に喜んでいる僕達に向かってそう語り、僕はガドックにお礼を言う。

「いいってことよ。それはそうとお前達、これからどうするんだ？　まだ昼だが酒盛りをするってんなら用意するぞ？」

「本当！」

ティズは眼を輝かせ、ガドックの周りを騒がしく飛び回るが、僕は少しだけ考える。

確かに、初めてのクエストクリアの祝勝会を開く予定ではあった。

皆がまだ迷宮に潜っている今なら、誰の迷惑も気にせず、かつ貸切状態で祝勝会を楽しむことができ、混み始めた頃に早めに帰ることもできる。

特に用事がなければこのまま祝勝会を始めてしまうのがいいのだろうが。

「いや、今はやめておきます。夜にまた来ますので、そのときに」

僕はその申し出を丁寧にお断りする。

特段昼から飲む必要もないし、何より早く帰ってきたならば、新しい家族の分の生活用品が必要になってくる……休みの日にでも済ませてしまおうと思っていたが、せっかく時間ができたのだから今日やってしまったほうがいい。

「そうかい。じゃあ席は確保しておいてやるから、好きな席を選びな」

「何から何まですまないな、ガドック」

「それこそ気にするない。オークの巣なんて、向こう三週間放られっぱなしになることが確定だった面倒な依頼を二つ返事で受けてくれたんだ。これぐらい気ぃ遣《つか》ってやれなきゃ罰《ばち》が当たるってもんよ」

「じゃ、じゃあいつもの四番テーブルをお願いします」

「あいよ」

ガドックは笑顔で僕達をたたえてくれ、席を予約した後にギルド・エンキドゥを後にする。

「で？　酒盛り拒否って外に出てくるってことは、何か大事な用事があるんでしょうね？」

ティズはいつもより低空飛行をしながら、肩を落として僕にそう問いかける。

見るからに不機嫌そうだが、僕にだって大事な用事がある。

「サリアが僕達と一緒に暮らすことになったからね、必要なものが増えるだろう？　だからその買い物に、街まで出ようと思うんだ。冒険者の道以外にあまり行ったこともないし、たまには気晴らしでもどうかなって思って」

「ま、街？　そ、そう……ならしょうがないわね」

ティズは仕方ないなという表情を作るが、楽しみで先程より三倍の高さを飛んでいる。

「嬉しそうですね」

「行けなかったからね、迷宮に潜ってばっかりで」

彼女が密かにこの街で買い物をしてみたいと思っていたことは分かっている。

思えば彼女には随分と苦労をかけたし、彼女のやりたいこととか何もかもを投げ捨てて僕についてきてくれているのだ。

甘いと言われるかもしれないが、たまにはお酒以外のご褒美をあげてもいいだろう。

「では、これから街に出る、ということでいいのですね？　ご一緒しても？」

「当然だよ、サリアの生活用品を買いに行くんだから」

「ありがとうございます、マスター……何から何まで」

「気にしないで、僕が勝手にやりたいだけだから」

「マスター」

サリアは一瞬困ったような表情をした後、満面の笑みを作ってくれる。

これだけで何でもしてあげたくなっちゃう天使の微笑だ。

「うーいーるー？」

後ろに鬼もいた。

「じゃ、じゃあ、街にしゅっぱーつ」

「おー!!　……です」

「いやったー！　私、街に出るの初めてー！」

……ん？


何か関係のない声が一つ交じっている。

後ろを見るとサリアがノリノリで腕を挙げており、その隣でさも当然のようにシオンが飛び跳ねていた。

「何でアンタがいるの？」

「え？」

ティズの言葉の意味が分からないとでも言いたげに、シオンは目を丸くする。

「なんでって……え？　私達もう……仲間だよね？」

「正式にパーティーメンバーに加えた覚えはありませんが」

「えええええ!?　だって苦楽を共にしたんだよ!?　協力してオークの巣を殲滅したじゃない!?　もう仲間だよね？　ね？」

「アンタは唯のクエストの依頼品……なんで所構わずメルトウエイブぶちかますような危険な女を仲間にしなきゃいけないのよ？」

「うううううう……そんなぁ……おねがいだよぉー！　ちゃんと言うこと聞くからああ」

冒険者の道のど真ん中で――しかもアークメイジ、レベル10――が大泣きをして僕に追いすがる。

人の目が痛い。

ヒソヒソ声が僕の心に刺さる。

「ウイルから離れなさいこの爆発女！」

「もうどこも、どこも私を仲間に入れてくれないのおおぉ!?　お願いしますウイル君～、私を仲間に入れて～～！　頑張るから！　私頑張るからああ～何でもするから！」

……段々かわいそうになってきた。

「……あー、二人とも……その、仲間に入れてあげてもいいんじゃないかな？」

「はあああ!?　またやられたかエロウイル！　ロリコンか、ロリコンなのか!?」

「ロリコンじゃないけどその……かわいそうだし」

「うぃるくうううううん！」

鼻水と涙で顔をぐしゃぐしゃにしながらシオンは僕にすがりつく。

どうしてみんな僕の服で鼻水を拭くのだろうか。

「ううう、さ、サリア！　なんとか言いなさいよ！」

呆れたようにティズはサリアに助けを求めるが、サリアは少し難しい表情をした後。

「……マスターが気に入られたのであれば、文句はありません。性格に問題はありますが、彼女の魔法は強力だ……私やティズでは無理でも、マスターであれば上手く手綱を握れるかもしれませんね」

色々と過大評価と買いかぶりのオンパレードであるが、サリアはシオンの加入には異論がなさそうだ。

「だめかな？　ティズ」

「うううううぅぅぅう！　ちょっとアンタ!?」

「は、はい！」

「私やウイルの髪の毛一本でも燃やしたらすぐに追い出すからね！　そのつもりでいなさい！」

「うん、わかったよー！　ありがとう！　ありがとうございます！」

二人の言葉に反対するのは得策ではないと判断したのか、ティズはふてくされながらも渋々とシオンのパーティー参加を認めてくれる。

「まぁ、馬鹿なら裏切る心配もないし、丁度いいのかもしれないわね……そういうことにしておきましょう……うん」

なにやらぼそりとティズが呟いたような気がしたが、上手く聞き取ることはできなかった。

まぁ、シオンに敵意のある言葉のようには思えなかったし、放っておいても大丈夫だろう。

「……とまぁ、急遽だけどよろしくね、シオン」

二人の了解を得た後、僕は泣きじゃくりながら僕に抱きつくシオンを引き剝がし、握手をする。

「……ウイル……ありがとう、ありがとう！　私頑張るよ！」

よっぽど嬉しかったのだろう、仲間になったら仲間になったで嬉しさのあまり大泣きをしながらその場で飛び跳ねている。

色々と不安の残るパーティーメンバーであるが、魔法の腕はサリアも認めているわけだし……きっと大丈夫だ……多分。

僕はそう自分に言い聞かせながらも、とりあえずは課題であった魔法使いをパーティーに迎えることができたことを喜んでおくのであった。

でこぼこな四人に不安もあるが、この笑顔があればこれからも僕達はやっていける。
煌々《こうこう》と輝く太陽を見上げ、僕はそう微笑《ほほえ》んで、街に向かって歩き出す。
今度はどんな冒険が待っているのだろうか……そんな期待に胸を膨らませながら。

◇

アークメイジ・シオンが仲間になった！

名称　シオン　年齢　？　種族　人間《ヒューマン》？　職業　アークメイジ　レベル10
筋力　6
生命力　5
敏捷　18
信仰心　3
知識　18
運　16
使用可能魔法

第十階位までの魔法全て
第十一階位　ライトニングボルト
第十二階位　火炎の波《ファイアウェイブ》
第十三階位　メルトウエイブ
使用可能神聖魔法
なし
保有スキル
割愛

書き下ろし　魔剣　ホークウインド

ウイルがメイズイーターを手に入れる、一ヶ月前。


「はぁ……はぁ……はぁ……あっつ」

薄暗い工房の中、私はひたすらに鋼を打つ。

土と泥にまみれた工房……その中にある光源は煌々《こうこう》と燃え続ける竈《かまど》の炎と、打ち付ける鋼の塊のみ。

赤々と鈍い光を放つその鋼は、叩かれるたびに光を放ち、フラッシュのように部屋の中を明るくしたり暗くしたりを繰り返す……熱と光……その二つに眼はやられ、頼れるものは鋼を打つ槌《つち》の感触のみ……それを頼りに私はまた一つ、槌を振り下ろす。

一つ……そしてまた一つ。

打つたびに鉄は硬くなり、私は思いを込めてひたすらに剣を打つ。

火花が飛び散り私の腕を焼き、しかしその痛みに耐えながらも私はひたすらに手に持った槌を振るい続ける。

怖さに負けてはいけない……怖いと思ってはいけない。

そう心の中で呟きつつ、私の中に刻まれた恐怖を心の中でねじ伏せる……。

【逃げろ……手放せ……離れろ】

心の中で声が響く。私の声ではない、呪《のろ》いにも似た種族としての声が。


一つ。また一つ。


初めは唯の鋼の塊であったものを包み、熱し、叩くことで一枚の長方形の板にする。

その鋼を真ん中から曲げて折り返し、また同じ形になるまで叩く。

延ばしては折り、延ばしては折り……その工程を繰り返すことで、何層もの薄い鋼の層を作る。

「っ」

再度煌々と燃える炎の中へと鋼を入れ、鉄を熱する。

ふいごを吹くたびに燃え上がる火花は私の耳を焼き、痛みに私は手を止める。

「まだまだ！」

止めた手を再度動かし、ふいごで炎の温度を上げる。

出来上がるのはまたも同じ、鈍い光を放つ鋼の塊。

同じ工程を何度も何度も繰り返し、火傷《やけど》だらけの腕と、ちりちりと焦げる自らの毛の臭いを我慢しながら、私は再度槌を振るう。

ゆっくり、ゆっくりと鋼は形を変え、ゆっくりゆっくりと鋼は一つの板になる。

この工程を六度繰り返したところで、ようやく次の手順が始まる。

既に槌で二千を超えて鋼を叩き、二十を超えて指を焼いたが、私はここに来てようやく剣を打つスタートラインに立ったのだ。


「今度こそ……鍛冶師になるんだ」

炎の中の鋼を引き上げる前に、私はそう決意の言葉を口にし、鋼を引き上げて叩く。

今度は塊にするのではなく、刃《やいば》にするために。


金床の窪みに水を入れ、形成用の槌に水を付着させ、鋼を叩く。

一瞬にして蒸発する水の弾《はじ》ける音と、また色合いを異にする火花。

一度では形など変わるわけもなく、僅か十五センチの立方体をひたすらに叩いて一本の刃の長さまで引き延ばす。

幾度も叩き、延ばし、しなやかにするのは、そのためだ。

延びきらない鋼は、途中で折れてしまう。

同じ鋼はこの世に二つとあらず、十折り込めばよいものもあれば、二十を要する鋼もある。

どこまで鍛錬をするのかは、剣を打つものが見極めて決めるしかない。

そして……今回の鋼の出来は過去最高に近い。

一つ槌を打った瞬間、思い描いたとおりの感触が手に響き……私は止まることなく、細心の注意を払いながら、剣の形を作る。


この工程にやり直しは利かず……薄くしすぎれば刃は折れ、厚すぎては鈍《なまくら》となる。

だからこそ、息を殺し、何度も刃を熱し、少しずつ少しずつ……鋼を延ばす。

熱しては水をつけて打ち、純粋な刃へと変貌させる。

気が付けば日は暮れ、そして鋼の塊だったそれは……気が付けば刃の形になっている。

荒削りをし、刃の形になったそれはまだ仮の姿であり、これが本当の剣となるかは次の焼き入れで決まる。

「よし……」

刃の形となったそれを、私は最後に炎へとくべる。

緊張の瞬間……。

赤々と熱された刃を引き抜き。

「お願いよ……」

私は祈りを込めて刀身全てを水の中へと一気に差し込む。

水が蒸発し、同時に刃が急激に冷やされていく音が響く。

最後に打ち付けた刃を一気に冷やすことで硬くし……折れず曲がらずしなやかな刃を生み出す

……ここで刃となれば、晴れて剣は完成するのだが……。

……炎に気を取られ、熱に集中力を削がれたせいで……鋼を叩く力が少し弱まったり、ふいごの操作を誤り、熱しきれていない鋼を叩いたり……。

そのような小さなミス一つでも……剣は誕生を許されない。

ばきん。

そんな音が響き渡り、私は手を止める。

何度も耳にした失敗《剣の折れる》の音。

「五百二十八回目……失敗」

その音を心に刻みながら、私は黙って工房の片づけを開始した。

◇

「はぁ」

王都にある最大級の商店、クリハバタイ商店のカウンターに頬杖を突きながら、私リリムは昨日の失敗に思いをめぐらせてため息を漏らす。

失敗の原因は単純……火を恐《おそ》れたから。

そんな単純で、致命的な自己分析に私はもう一度ため息を漏らす。

人狼族に限らず獣人族は皆、例外なく火を恐れる。

まだ獣であった頃の名残《なごり》か、それとも種族としての抗《あらが》いようのない特性なのか……。

そんな運命みたいなものが嫌で、私は鍛冶師を夢として、この王都にやってきた。


理由はとっても単純で、昔読んだ伝説の英雄が振るったと言われる剣、それを打った鍛冶師の話に憧れたから。

私もいつか、英雄の振るう剣を作れるようになりたい。少しばかり特殊な夢だったが、それでも小さな私の全てを満たす夢であった。

だが。


【人狼族が、鍛冶師なんかになれるわけがない】


村の全てが私を否定した。

それが悔しくて、抗いたくて……私は村から逃げ出し、鍛冶師になることを決意した。

絶対に鍛冶師になってやる……そしてみんなを見返してやる。

その思いだけを、心の深くに刻んで。

だというのに。

私を馬鹿にした奴らを見返してやるために、なりたくもない司教になって、炎耐性まで取得したというのに……。

なのに一向に私の中の炎と熱の恐怖心はぬぐえない。

「やっぱり……無理なのかなぁ……」

私に犬の耳が生えているのを変えられないように……炎への恐怖も、結局は絶対にぬぐえないものなのかもしれない……。

過去に一度たりとも前例がないのだ……もしかしたら私のやっていることは、ただの無駄なことなのかもしれない……。

「はぁ……何やってんだろう、私」

そう呟きながら、私はもう一度ため息をついて、カウンターに突っ伏す。

と。

「あ、こ、こんにちはー」

どこかで聞いたことのあるような声が響き、私は顔を上げる。

そこにいたのはボロボロの少年、確か名前はウイル君っていったっけ……。

あれ、でも、いつも妖精さんと一緒だったような？

「買い取りをお願いします！　リリムさん！」

「いらっしゃいウイル君……あれ？　えーとお連れさんは？」

「ティズですか？　祝勝会だーって酒を飲んで酔いつぶれてます……本当大げさなんだから」

「祝勝会って……確かに随分とボロボロだけど、何かあったの？」

祝勝会を開くということは、相当な大物を倒したのだろう……そう思いウイル君に質問をすると。

「いやー……実は迷宮でスライムと激闘になっちゃって……なんとか勝ちはしたんですけど」

「スライム……」

あまりの事実に私は息を呑《の》む。

迷宮最弱の魔物、彼はそんな魔物にここまでボロボロにされたというのだろうか？

レベル1冒険者で、ステータスも人並み以下……。

それでいて彼は確か、アンドリューを倒すと私に語ってくれたことがあった。

本当に笑えない冗談だ。

そんなことを思いながら、私はスライムのドロップする魔石を受け取り、鑑定する。

「銅貨一枚かな」

「おおぉ！　初めての報酬！　うん、やっと冒険者っぽくなってきた！」

子どものようにはしゃぐウイル君は、正直見ていられない……。

スライム程度でこの様子じゃ、きっと迷宮三階層でさえも一生かかってもクリアできないだろう。

はっきり言ってこの子には冒険者の才能はない……私と同じで。だというのに幸せそうに笑っているる彼に私は腹が立つと同時に哀れみを覚える。

いつか、絶望をするんだったら、絶望する前に……諦めさせてあげるほうが優しさなのかもしれない。

私はそう思い……八つ当たりに近いそんな言葉を彼に投げかける。

「スライムでそれって……正直向いてないよウイル君……」

口にして私は気付く……。

私は今まで自分を馬鹿にしていた人間と同じになってしまったと。

自己嫌悪に気分が悪くなるが、もう出してしまった言葉は飲み込めない……私の八つ当たりで、きっと私は彼をいたく傷つけた。その辛《つら》さを一番分かっているはずなのに……。

「あっ……えと」

そう思い、慌てて謝罪をしようと顔を上げるも。

「確かに、僕もそう思います」

「えっ」

その少年は、あろうことか苦笑をしながら肯定をした。

「ウイル君……怒らないの？」

「だって事実ですもん。初期ステータスもきこりのままでスキルも魔法も使えない……誰がどう見ても僕は冒険者には向いていない」

「え、でも……じゃあどうしてウイル君は冒険者に？」

「それは……大切な人のためだからですよ。僕のために命を投げ出そうとしてくれた人が困っている……だったら僕は、彼女を助けるために頑張りたい。そう思うから向いてないなって思っても頑張れるんです」

「そんな」

誰かのためにに頑張れるなんて、そんなアホな話があるはずない。私は未だに彼の言葉を信じられずに、ただ呆《ほう》けてしまう。

「大丈夫ですか？　リリムさんどこか具合でも……ってうわ!?　どうしたんですかその手！」

「え……あぁこれは……剣を作ってるときにやけどしちゃって……あっ」

そのせいか、私はうっかりと自分のことを漏らしてしまい、あわてて口を閉じるも。

「え？　リリムさんは鍛冶師になったんですか？」

引っ込めることもできず、結局話題になってしまい、私は自らの迂闊《うかつ》さを呪《のろ》う。

「……そうじゃないよ……なりたいとは思うけど……獣人族は誰一人として鍛冶師になった人はいないんだもの」

そう……人にあんなこと言っておいて、私の夢のほうがはるかに絶望的だ。

きっと彼も、そんなことできるはずがないと……。

「へぇ！　じゃあリリムさんが、獣人族史上初の鍛冶師になるんですね！」

一瞬……耳を疑う。

「え？　ウイル君……なれると思うの？」

「へ？　冗談だったんですか？」

「いや、その……本気、だけど」

「ですよね。きっとリリムさんのことだし、すっごい剣を打つんでしょうね！　鍛冶師になったら、そのときはリリムさんの剣を使わせてくださいね！　僕が、ファン一号になりますから！」

ウイル君は真っ直ぐに、私の瞳を見つめる。

その表情は私が鍛冶師になれると信じて疑っておらず、それでいて誰よりも言ってほしかった一言を……彼は何の気もなしに私にくれた。

その言葉はとっても嬉しくて……悩んで落ち込んでいた気持ちはどこか彼方《かなた》へと飛んでいく。

あるのは感謝の言葉と、胸の奥で熱くなる私の心。

ありがとうといえば良かったのに、私はそんなウイル君に何も言えず……そして、その夜に彼の夢を見て、自分でもちょろいと思うがあの一言で完全に恋に落ちてしまったことに気が付いた。


そして。

◇

一つ、また一つ私は鋼を打つ。

はじける火花は花火のように美しく、竈の熱はそよ風のよう……。

炎を怖れる心は完全に消え、手が焼けてもまったく熱を感じない。

理由は簡単、そんなものよりも熱いものが、現在進行形で私の中を焦がしているから。

指が焼けようと、何が起ころうと、ただ一心不乱に私は刃を打ち続ける。

思い描くのは、小さな少年の英雄譚《たん》。私の剣を使い戦う姿を想像し……彼の笑顔を思い出す。

彼のために、彼の願いを叶えてあげるために……。

ウイル君は正しかった、彼のためにと願うだけで、槌を振る手に力が宿る。

疲れなどなく、不安も鍛冶師にならねばという使命感も自分が獣人族であることすらも忘れてしまう。

あるのは、私の大切な人の英雄譚。

龍を倒し、巨人をなぎ払い……迷宮を突き進む、少年ウイルの冒険を思い描き、そしてその物語を剣にする。


気付けば私は、一万を超える鋼を打ち、百を超えるほど指を焼く。

されども私は納得はいかず、何度も何度も念入りに鉄を叩き強靱にする。

彼が怪我をしないよう、彼の行く手を阻むものを全て打ち払えるよう、念入りに槌を振るう。


日が暮れ、クリハバタイ商店から貰った有休一週間のうち三日を使いようやく、私は鋼を剣の形に整え、最後の炎に刃を入れる。

祈りはもう必要なく、私は戸惑うことも迷うこともせずに、赤々と熱された刃を引き抜き、水の中へと一気に入れる。

聞《剣の壊れる》き慣れた音は響かず、そのまま静寂が訪れる。

「……できた……」

まだ研いでもいない初めての作品を水から引き抜き、刀身を見る。

気を抜くことなどできないが、それでも初めて刃を私は作り上げたのだ。

折れる気配も、ひび割れすらも存在せず、自分の鑑定のスキルを使用しても最高の一本であることが分かる。

これならば……ウイル君をしっかりと守れるはず。

そう思うと自然と口から笑みが漏れてしまう。

持てる限りの全てを使用して、私は彼のために……。

「持てる限りの全て……」

そう思い、私は自分の職業が現在司教であることを思い出す。

今この私が打ち上げた最高の剣に、私の魔法を付け足したら、どれだけウイル君の助けになるのだろう……。

かつて御伽噺《おとぎばなし》に出てくる魔法がかけられた剣……それを操り戦うウイル君の姿を想像しただけで、卒倒してしまいそうだ。

「やろう！　これやろう！」

そんな単純な理由から、私はすぐに作業に取り掛かる。

方法は一番単純な文字による魔法の付与、かつて時の魔術師が操ったといわれるルーン文字だ。

剣に神聖文字を彫り込んで魔法を発動する簡単なものであり、私は意気揚々と剣に彫り込みを入れていく。

ずっと使ってもらえるように、彼を最後の最後まで守れるように……そんな思いと、ちょっぴりの自分の思いをのせて、私は神聖文字で詰め込めるだけの魔法を詰め込んでいく。

きっとウイル君は読めないだろうけど……今はまだそれでいい。

英雄になる貴方に見合った女になるまで、私にも時間は必要だから。

そしてお互いが素敵な人になったそのときに、言えなかった感謝の言葉をしっかり伝えよう。

【風よりも速く、炎よりも強く、愛しき意志《ウィル》よ、険しき壁を打ち砕かん】

彼への思いを神聖文字の魔法として刻み込み終えた私は、エンチャントの発動を確認した後、最後に剣に銘を彫り込む。

かつてこの世界を作った英雄の一人、颯爽と戦う姿と最強の戦士の姿を彼に重ね……彼がその戦士のようになることを心より信じて。

私はこの剣を【ホークウインド】と名づけた。

◇

名称　リリム　年齢　21　種族　人狼　職業　鍛冶師　レベル1
筋力　7
生命力　7
敏捷　13
信仰心　12
知識　12
運　8
使用可能魔法
　第五階位まで全て
使用可能神聖魔法
　第五階位まで全て
スキル
　鑑定　嗅覚　狼変化　鍛冶　エンチャント　炎耐性

なお、私がこの剣をウイル君に渡すまでに、もうひと悶着あったりするのだが、それはまた別の話である。

あとがき

どうもはじめまして、長見雄一と申します。

この度は『メイズイーター　いしのなかにあるものは全部僕のもの』を手に取っていただきありがとうございました。

いかがでしたでしょうか？


あとがきから読まれる方もいらっしゃると思いますので、ざっくりと説明をするのですが、この物語は主人公が迷宮を喰らいながら成長し、迷宮攻略を目指すという王道ファンタジー？　となっております。

そしてサブの物語として、主人公がいろいろな人たちを知らず知らずのうちに救っていく、そんな物語でもありますので、そういう目で見ていただくと、もしかしたら少し印象が変わるかもしれません。


この作品はもともと某小説投稿サイトに投稿していた作品なのですが、作者としては気ままにふざけ半分で投稿した作品だったはずなのですが、投稿して二週間ほどで書籍化の打診が来まして……心情はどうしてこうなった……といった感じでした。

あまりにも衝撃的過ぎて、恐る恐る返信をしたら5分くらいで編集様から電話がかかってきて飛び跳ねたのは今でも鮮明に覚えています。

編集さん、あの時は本当にありがとうございました。

さて、お読みになった方、手に取った方はおおよそ気づいていらっしゃるかと思いますが、この作品は、全世界のＲＰＧの原点にして頂点に位置するゲームの影響を色濃く受けています。

というか作者がこのゲームが好きだから、この作品を読んで、家にあった古いゲーム達を思い出してほしいなという思いで筆を執り、ついでにさんざん道に迷って涙した経験から、主人公たちにはそんな思いはさせたくないという思いも込めて迷宮を破壊できる能力を主人公に授けて出来上がった……そんな作品です。

なので懐かしいなという感想を抱いていただいた方は、今度一緒にお酒でも飲みましょう。

そしてこのゲームは知らないけど、面白いなと思っていただけた方は、ぜひとも一緒にゲームしましょう。

作者はゲームとともに特にＲＰＧとともに生きてきたといっても過言ではありません。物心ついた時からゲームをやって、友達もゲームを通じて知り合った人がほとんどです……。

そして、人として大切なこととかもゲームから学びました。

この作品はそんなゲームへの恩返しも込めて書いています。

なので、少しでも気に入っていただけたら幸いです。


思えば小説を書き始めてもう十年になりますね。

初めて小説を書いたのは中学生の時、深夜アニメという素晴らしい存在を知ってしまった私は、当時はやっていた「ひぐ○しのなく頃に」に痛く感銘を受けて、筆を執り、小説を書き始めました（え？　そんな作風じゃない？　そっとしておこう）。

まぁ、それでもあくまで趣味は趣味と切り分けて生きてきたため、小説家大賞に応募したりとかはしたことはなかったですね。

日本語不自由で頭も悪いので、絶対無理だと決めつけていました。今でも残る悪い癖です。

なので、この作品の書籍化が決まったときは、嬉しいというよりも戸惑いましたね。もちろん嬉しくて飛び跳ねたのですが、同時に自分の諦めの速さや投げやりな生き方を反省することにもなりました。

そういう点では、この作品は私に幸福と、ほんのちょっぴりの自信と、そして成長を与えてくれたと思います。

というか、自信のない主人公を成り上がらせつつ、いろんな人を救っていくというコンセプトで書いていたのに……結局自分が一番救われてしまったという笑い話になっています。

そのため、こんな私に声をかけていただきまして編集の稲垣様、古里様には感謝の言葉しかありません。

本当にありがとうございます。


とまぁなんか湿っぽい話？　になってきたので、素敵な少女たちの話をしましょう。

今作メイズイーターの書籍化にあたり、イラストは椋本夏夜様に担当していただきました！

初めてこの方のキャラクターラフを見たときは、頭の中をのぞかれたかと思いました。

何故なら、女の子たちが全員私好み！

それに加え身長等の描写も容姿の描写もポンコツ作者長見はあまりしていなかったというのに、椋本夏夜さんから、私のイメージ通り、いやイメージを超えるほど私の趣味をちりばめた素晴らしいキャラクターたちが送られてきて驚きました。

ええ、本当に一目で気に入ってしまいました。本当に素敵なイラストをありがとうございました。


はてさて、そろそろいい感じになってきたので謝辞を。

今作を出版していただいたアース・スターノベル様、可愛らしく世界観にぴったりのイラストを描いていただきました椋本夏夜様。そして最後になりましたが、この本をお手に取っていただいた皆様方に心より御礼申し上げます。

コンゴトモヨロシク……。

この作品を、偉大なるアンドリュー・グリーンバーグ氏、ロバート・ウッドヘッド氏に捧ぐ。

長見　雄一

ら〜らら
こんにちは！
挿画担当の椋本です。
宴会シーンが好きです。
一仕事(?)終えた後の
打ち上げ良いすなあ〜
私もまざりたい
では！
オルゴールごっこ。

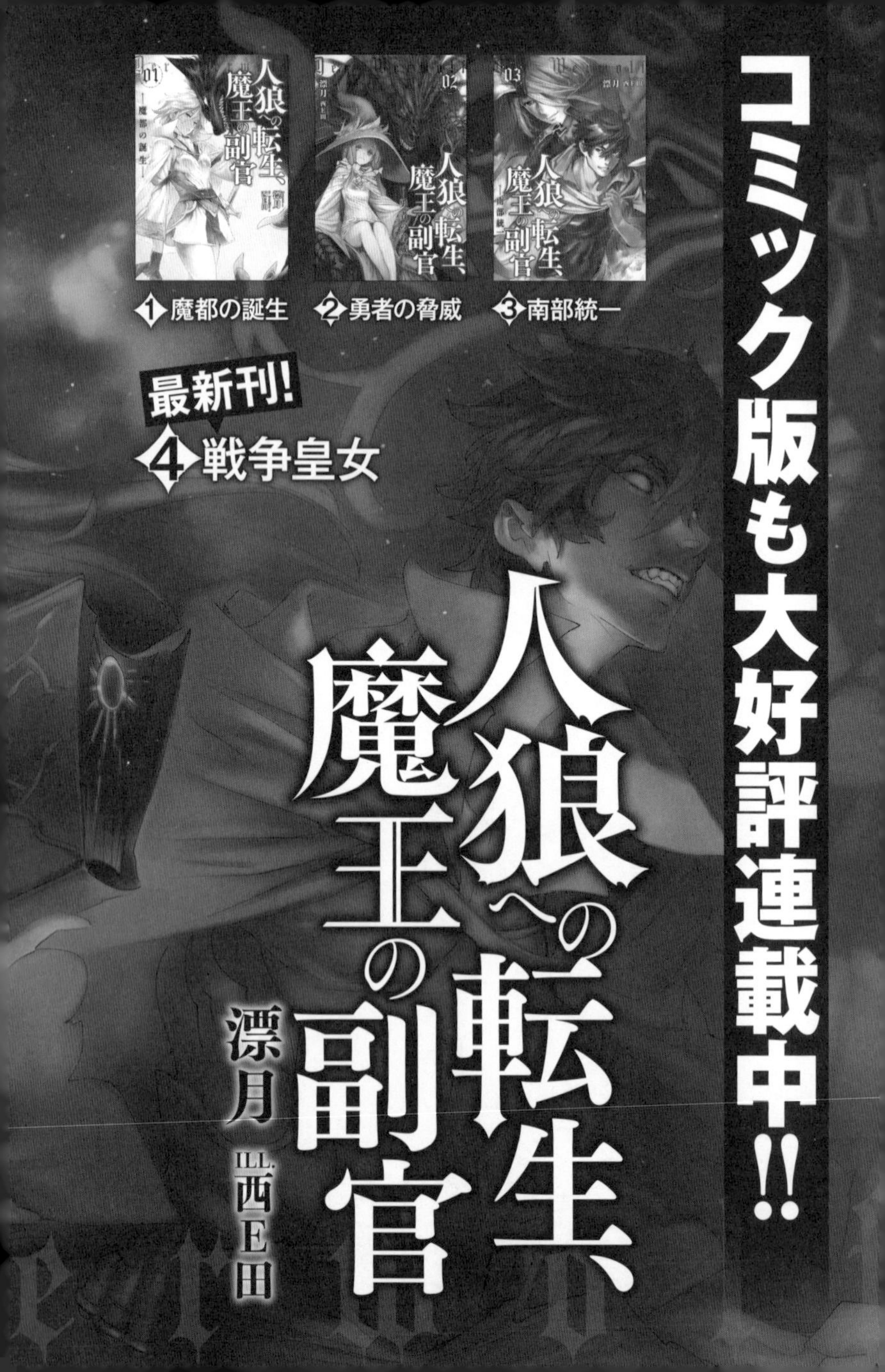
コミック版も大好評連載中!!
人狼への転生、魔王の副官
漂月
ILL.西E田
1 魔都の誕生
2 勇者の脅威
3 南部統一
最新刊!
4 戦争皇女

魔王軍第三師団の副師団長
ヴァイト——それが、
人狼に転生した
俺の今の姿だ。
そんな俺は交易都市リューンハイトの支配と
防衛を任されたのだが、魔族と人間……
種族が違えば考え方も異なるわけで、
街ひとつを統治するにも苦労が絶えない。
俺は元人間の現魔族だし、
両者の言い分はよくわかる。
だからこそ平和的に事を進めたいのだが……。
やたらと暴力で訴えがちな魔族を従え、
文句の多い人間も何とかして、
今日も魔王軍の中堅幹部として頑張ります！
8,000万PVの
大人気転生ファンタジー

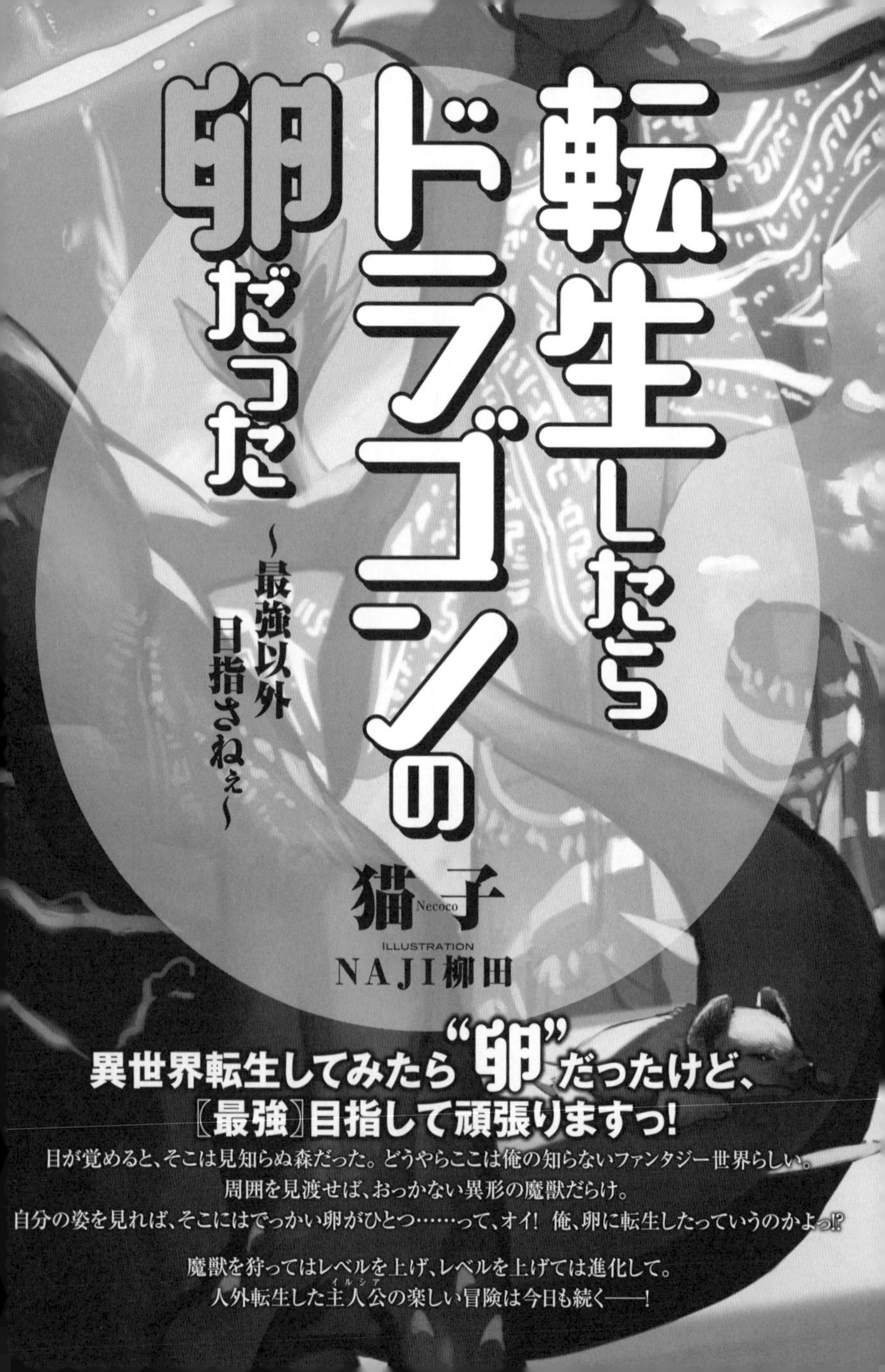
転生したらドラゴンの卵だった
～最強以外目指さねぇ～
猫子 Necoco
ILLUSTRATION
NAJI柳田
異世界転生してみたら“卵”だったけど、
〖最強〗目指して頑張りますっ!
目が覚めると、そこは見知らぬ森だった。どうやらここは俺の知らないファンタジー世界らしい。
周囲を見渡せば、おっかない異形の魔獣だらけ。
自分の姿を見れば、そこにはでっかい卵がひとつ……って、オイ! 俺、卵に転生したっていうのかよっ!?
魔獣を狩ってはレベルを上げ、レベルを上げては進化して。
人外転生した主人公《イルシア》の楽しい冒険は今日も続く――!

5,000万PV超の
大人気人外転生
ファンタジー!
最新刊!
転生したらドラゴンの卵だった
猫子
NAJI柳田
3
転生したらドラゴンの卵だった
猫子
NAJI柳田
2
転生したらドラゴンの卵だった
猫子
NAJI柳田
1

EARTH STAR
NOVEL

メイズイーター　1
いしのなかにあるものは全部僕のもの

発行 ―― 2016年9月15日　初版第1刷発行

著者 ―― 長見雄一

イラストレーター ―― 椋本夏夜

装丁デザイン ―― 舘山一大

発行者 ―― 幕内和博

編集 ―― 古里 学

発行所 ―― 株式会社 アース・スター エンターテイメント
〒107-0052　東京都港区赤坂 2-14-5
Daiwa 赤坂ビル 5F
TEL：03-5561-7630
FAX：03-5561-7632
http://www.es-novel.jp/

発売所 ―― 株式会社 泰文堂
〒108-0075　東京都港区港南 2-16-8
ストーリア品川 17F
TEL：03-6712-0333

印刷・製本 ―― 図書印刷株式会社

ISBN 978-4-8030-0957-6